Universale Economica Feltrinelli

ROSSANA CAMPO
SONO PAZZA DI TE

Feltrinelli

© Giangiacomo Feltrinelli Editore Milano
Prima edizione ne "I Canguri" giugno 2001
Prima edizione nell'"Universale Economica" maggio 2003
Quarta edizione aprile 2008

ISBN 978-88-07-81752-6

www.feltrinelli.it
Libri in uscita, interviste, reading,
commenti e percorsi di lettura.
Aggiornamenti quotidiani

a mio padre
a mia madre
a Big Nick

Spero che mi amerai senza una ragione parti-colare. Questa è una delle cose più difficili da dire a qualcuno. Eppure è quello che tutti vorremmo dire – ai figli, ai nostri genitori, ai compagni, agli amici e agli sconosciuti – e non lo facciamo che raramente.

RUSSELL BANKS, *The Angel on the Roof*

1.

Ho tirato fuori i colori e mi sono seduta sul tappeto con le gambe incrociate, ho preso i pastelli rossi verdi grigi e arancioni, il carboncino e ho cominciato a darci dentro. Sudo, mi sento le gocce di sudore che scendono giù dalle ascelle e la faccia tutta rossa. C'ho la punta della lingua di fuori, all'angolo della bocca, mi è venuto in mente che disegnavo così alle elementari, me lo sono ricordato di colpo perché il mio compagno di banco, quello grasso con le verruche sulle mani mi faceva sempre il verso. Ho disegnato una tipa coi capelli rossi, dritti, una ragazza grassa che urla su una strada solitaria. Le ho disegnato un sesso rosso, gigante, a forma di cuore.

Ma tu sei proprio strana sai! Perché quella lì ha il cuore in mezzo alle gambe? ha chiesto Goli.

Che ne so.

Poi ho disegnato una specie di uomo con la faccia storta che schizza via in mille pezzi, verdi neri e gialli.

MADONNA CHE DISEGNI CHE FAI! ha urlato la mia amica.

Ti fanno schifo? ho detto io.

No, ma dio santo, dio mio che infanzia orribile che devi avere avuto tu, oh gesù cristo!

A Goli le piace sempre fare un po' la tragedia, le piace da morire esagerare tutto. Quanto a me sono contenta di fare i miei disegni, è da un pezzo che li faccio, mi sono messa a dipingere dopo aver visto una mostra di disegni dei matti di un ospedale psichiatrico. Mi è venuta subito voglia di provarci, no non è vero che è stato proprio da subito, perché all'inizio ero diffidente e ci ho messo un po' di tempo, ci ho girato intorno e una mattina mentre che guardavo fuori dalla finestra per i fatti miei li ho visti. Ho visto i disegni, ho visto i colori e le forme e ci ho dato dentro. Tra l'altro è da un pezzo che hanno scoperto questa cosa che dipingere è terapeutico, hanno visto che i matti dopo un po' che dipingono cominciano a stare più calmi, quelli violenti diventano più tranquilli, quelli che delirano ci vanno più piano con le loro paranoie e insomma così stanno le cose. Dev'essere che quando dipingi è come se il magone che ti porti dentro può uscirsene un po' fuori, come il colore quando esce dal tubetto. E va a finire che mentre il colore si deposita sul foglio magari ci si è depositato anche un po' del tuo dolore. Le cose sembrano meno pesanti, magari solo fino a domani mattina, ma non è male, non è niente male perché si può sempre ricominciare.

2.

Uno schifo di giornata disorientata, piena di confusione e panico, e nemmeno calda per essere d'estate.

I giornali stanno facendo tutto un casino per preparare l'evento, l'eclissi solare. Fanno finta di essere tutti eccitati, vogliono farti credere che sei di fronte a una cosa pazzesca e se per caso a te non te ne frega niente della loro eclissi vuol dire che sei un tagliato fuori. È sempre la stessa storia. C'è un sarto in delirio che racconta a destra e a manca di avere avuto una visione. Quello che ha visto dice è una specie di fine del mondo, con la navicella spaziale dei russi che si schianta su Parigi. Ha visto tutto che brucia e va in malora morti e catastrofi. Poi dicono che i matti sono quelli chiusi dentro ai manicomi.

Intanto questi continuano a pompare la notizia e ti regalano gli occhialetti per guardare il famoso sole nero senza rimetterci la retina. E io invece mi guardo il mio sole fuori dalla finestra che si è coperto di nuovo e me ne resto seduta sulla sedia blu mezzo scassata. Mi contemplo il cielo che oggi non dà nemmeno un po' di soddisfazione neanche mezza porco schifo. È tutto spento scazzato e depressivo e a me sembra che in questa nuova giornata che mi si spara davanti non avrò nient'altro da fare che tirare sulla mia Gauloise come una disperata.

La sedia forse dovrei cambiarla ma è una specie di ricordo macabro, l'ho scassata quando Pascal è andato via di qui quando è sparito dalla mia vita. Avrei voluto spaccargli la testa non la sedia ma forse è andata bene così. Se penso a quella testa che ho amato così tanto. Un giorno mentre lo pensavo lo sentivo così tutto dentro lo sentivo nello stomaco nelle ossa nei piedi nelle mani lo sentivo così tanto che a un certo punto ha incominciato a battermi una palpebra, quella dell'occhio sinistro, la palpebra è impazzita e continuava a battere per i fatti suoi bum bum bum, mi era venuto come un tic porca miseria, il tic della palpebra impazzita lo chiamavo. E poi dopo un po' sono impazzita io.

Goli è uscita dalla sua stanza, si è aggiustata la camicia da notte sulle spalle e sulle tette e ha detto: Nuova! Ti piace? Me l'ha regalata Mathieu.

Io mi sono messa a guardare quella cosa delirante color panna con dei fiocchi viola tutt'intorno alla scollatura. Le ho detto: Insomma...

Ah! Ma che cosa ne capisci tu di queste cose! ha fatto lei. Poi si è diretta verso la credenza e ha preso in mano la bottiglia di mescal che ha portato dal suo viaggio in Messico col tipo. L'ha messa in controluce verso la finestra, l'ha agitata per qualche secondo e poi è rimasta a contemplare il verme bianco e grassoccio che ondeggia dentro la bottiglia.

Ma guardalo! Sembra un piccolo verme indifeso e invece pensa che ti può fare completamente flippare...

Eh? ho fatto io con lo stomaco già sottosopra.

Ti rendi conto? se mandi giù questo coso lui ti spedisce così in alto che per tornare sulla terra ci hai bisogno della scala dei pompieri.

Oh madonna, ho detto io.

CHE C'È? Non ti piace il mio verme?

Mi fa un po' senso.

Lei ha alzato le spalle e ha scrollato la testa come a dire: Tu non capisci proprio niente della vita! ha appoggiato il suo verme messicano sul tavolo e si è messa a trafficare col bollitore dell'acqua. Ha preso due tazze con Asterix e Obelix stampati sopra e ha detto: Ah, questi galli, questi francesi e questo Giulio Cesare.

Sì? ho detto io cercando di seguire il filo del suo discorso. Anche se fa più di un anno che abitiamo insieme sono sempre sorpresa dalla capacità della mia amica di saltare da un discorso all'altro così, come se niente fosse.

Niente, stavo pensando ai romani, ai galli, quel genere di cose.

Sì, ho detto io, e come mai?

Be', pensandoci bene secondo me Cesare se la tirava troppo.

A proposito di che?

Dei galli, delle sue conquiste, no?

Ho capito, ho detto.

No, voglio dire, la grande potenza conquistatrice che sconfigge la banda d'indigeni.

È sempre la solita storia del cavolo, faccio.

Sono come gli americani, non ti pare, ha detto lei.

Che si fottano, ho aggiunto io.

DIO QUANTO MI PIACE QUESTA BOTTIGLIA COL VERME! ha urlato lei. QUANTO MI FANNO FLIPPARE QUESTE COSE!

Ha dato un'ultima occhiata d'ammirazione al suo verme e poi ha continuato a trafficare con la tazza di Obelix e il tè.

È un po' esagerata in tutto la mia amica. Ha avuto una vita super dura. È mezza iraniana e mezza siciliana, e ha perso tutto quello che aveva nella rivoluzione in Iran. Ha passato un periodo a farsi, e un altro attaccata alla bottiglia. Poi è stata per cinque anni in un ospedale psichiatrico. Io la ammiro. Perché è stata nel regno dei morti e è ritornata, era entrata in coma per un incidente quando era ubriaca e ha mandato in culo la morte e poi ha mandato in culo la pazzia, l'alcol e tutto il resto e ha deciso di vivere, anche se non aveva più molti motivi per farlo.

Dopo l'incidente la sua memoria è diventata un po' bizzarra, ha uno strano modo di funzionare, si dimentica di certe cose, se ne ricorda altre, un po' come capita. La mia amica è un po' fuori per certi versi, io lo sono per altri. A volte penso che messe insieme io e lei formiamo un essere umano quasi accettabile.

3.

A questo punto mi sono messa a cercare un mozzicone nel portacenere, ho trovato una sigaretta fumata a metà. È conservata piuttosto bene, perché non accenderla?

Ah! Fai di queste cose così senza stile e poi te la prendi col mio povero verme messicano! ha detto Goli.

Io non ho fatto commenti.

Lei mi ha guardato con un filo di ansia, ha cercato di recuperare, ha detto: Comunque, Winston Churchill diceva che i sigari sono molto più buoni quando li resusciti.

Io ho pensato che forse Winston poteva avere ragione sui sigari. Quando si tratta di vecchie Gauloises invece il sapore che ti ritrovi in bocca sa di rancido, è fetido e amaro da fare schifo. Goli oggi è decisamente su di giri, fanno un paio d'ore che mi sta raccontando del suo viaggio in Messico senza fermarsi un secondo, fa: Te l'ho detto quanto mi è piaciuto? Sì, lo so che te l'ho già detto, fa niente. Dio! Quello è un posto di pura magia! Quegli spazi enormi, quei cieli infiniti, quegli hongos che ti incantano...

Chi sono gli hongos?

Chi sono, sono dei funghi pazzescamente allucinogeni. E poi le canzoni d'amore dei mariachi, e gli indios! Dio che poesia! E te l'ho detto quanto mi sono innamorata di Mathieu durante questo viaggio?

Sì me l'hai detto, ma quello è uno stronzo, ho detto io.

Be'? che mi frega? Oh tu non puoi capire quanto mi eccita! È vero, è uno cattivo, è pelato, ma mi fa l'amore esattamente come piace a me. Proprio preciso preciso. Dio quanto mi piace! DIO MIO!

E intanto appena siete tornati quello è corso dalla moglie, non la lascia la moglie, te lo dico io.

A questo punto è calato un silenzio un po' seccato, Goli mangia dei chicchi d'uva e continua a versarsi litri di tè forte profumato al gelsomino. Io alzo la radio, ci sono un paio di tipi che fanno il commento sui film appena usciti, dicono che certi film mostrano l'evoluzione dei costumi.

Goli dice, col tono di chi vuol fare conversazione: Anche tu trovi che i costumi si sono evoluti, che te ne pare?

Io dico che trovo che il mondo è pieno di scoppiati, di razzisti, di gente che avvelena il pianeta e di poveracci che d'inverno vivono allungati sulle grate del metrò per beccare un po' di caldo.

Emmadonna e che è! dice la mia amica, ogni tanto ha un accento iraniano altre volte siciliano.

Continuando a pontificare sui disastri della terra mi preparo un'altra tazza di caffè solubile Maxwell perché con Goli abbiamo deciso di boicottare Nescafé. E a questo punto tutti insieme i due telefoni della casa hanno deciso di mettersi a squillare acuti e prepotenti, come se volessero rimproverarci.

È la segretaria di un produttore, e mi sta dicendo che l'appuntamento è stato spostato di un'ora, se mi crea problemi. Ho detto non c'è problema. Merda se me lo ero ricordato il cavolo d'appuntamento.

Sono corsa al cesso, mi sono spogliata, mi sono buttata sotto la doccia e poi ho infilato un paio di pantaloni verdi, larghi e leggeri che mi vanno sempre più stretti e una canottiera nera corta che mi stringe sempre di più sul petto. Mi sono sentita completamente a disagio nei vestiti, completamente senza stile, senza allure, sovrappeso. Una fuori posto. Non c'ho nessuna voglia di uscire nel mondo.

Ho acchiappato il berretto da baseball e la borsa e sono uscita urlando: IO ESCOOOO. Per la strada ho fermato un taxi per far prima.

Mi piace starmene seduta dietro come una diva. Mi sono immaginata di essere una star che se ne va in giro sulla sua limousine. Anche se mi hanno ritirato la patente mi piace sempre andare in giro in auto. Una volta tanto invece di essere sbattuta sulla strada posso starmene in pace a guardarla.

4

Peccato che la felicità è una cosa estremamente labile in questo mondo, è proprio un peccato, perché io faccio sempre molto presto a abituarmici.

Passiamo vicino a un gruppo di zingari che stanno discutendo fra loro, le donne hanno dei vestiti lunghi e colorati, una donna coi capelli neri ha un bambino in braccio, fuma, e litiga con un uomo che agita le mani come se fosse incazzato nero. Dopo un po' si abbracciano, senza cerimonie, senza malinconie. Io li seguo con lo sguardo finché il taxi non si allontana e me li porta via. Il taxista pensa bene di dire: Ha visto? Ormai ce li abbiamo tutti qui questi!

Co-come? dico io sentendo subito una nausea in gola.

Sì, ce li abbiamo tutti qui, ormai ci hanno invaso.

Dentro di me sto augurandogli di morire al tassista, ma dalla mia bocca non esce una parola, sono paralizzata e qualcosa mi si è bloccato dentro, qualcosa di schifoso ha preso il posto della pace di prima. È proprio sparita. Potrei fare di tutto ma intanto non riuscirei più a ritrovarla.

Quando sono arrivata dal produttore la segretaria mi ha fatto sedere su una sedia scomoda e io sono rimasta lì un po' agitata e un po' in paranoia, con le gambe larghe, il berretto da baseball piantato in testa e i tacchi delle scarpe puntati per terra. Mi metto a seguire la filodiffusione che trasmette lagnose canzoni francesi. Poi l'agitazione comincia a trasformarsi in scazzo e mi viene da pensare che sono finita nel posto sbagliato. Perché ho deciso di dare in pasto a questi tipi la mia vita? Forse non ha un valore pazzesco, ma è tutto quello che ho.

Quello che sto cercando di dire è che ho raccontato la storia del mio periodo a Laval. Volevo parlare di loro, dei matti, degli scoppiati, di quelli che non si sono adattati alla merda quotidiana.

Ho cercato di raccontare la poesia delirante che c'era in quelle giornate, nelle storie di quegli uomini e quelle donne persi per i loro mondi. Mi era sembrato di capire qualcosa laggiù, le loro storie finivano per avere qualcosa in comune. Quegli uomini e quelle donne erano nati in famiglie che li avevano distrutti, umiliati e perseguitati. Quelle famiglie avevano preso i loro pensieri, i sentimenti le paure e ne avevano fatto della merda. E una cosa mi è venuta in mente. Che quei matti volevano raccontarla la loro verità, e che pur di raccontarla erano disposti a pagare qualunque prezzo. Il manicomio, la pazzia, la solitudine. Poi avevo pensato agli altri, a quelli che stanno fuori, gli adattati. Loro invece erano disposti a fare qualunque cosa pur di soffocarla per sempre, la loro delusione, la sfiga e il dolore.

Io mi trovavo bene fra quelle persone che sono arrivate al capolinea dell'umanità, che ridono, urlano, scoppiano a piangere per i motivi più insensati. E poi se ne stanno sedute intorno a un tavolo senza discorsi inutili, semplicemente sedute, verso le nove di sera, con una tazza di tisana fra le mani. Mi sono sempre piaciuti i disadattati, gli sfigati, i ciccioni, i fuori dal mondo, quelli che non ce la fanno, quelli che parlano con la Madonna, quelli che passano il tempo a tingere i capelli a una bambola, che sono tagliati fuori dalle conversazioni educate, dalle belle macchine, dai conti in banca, dalle vetrine coi vestiti eleganti. I loro occhi non mi lasciano in pace, e nemmeno i loro corpi sfatti e consumati dalla battaglia. Può darsi che ci sia troppa ingenuità in tutto questo, ma per me quegli sbandati si battono in prima linea. Sono i guerrieri dell'umanità.

Mi do un'occhiata alle scarpe. Fanno schifo. Sono alla frutta, sono consumate sulla punta e tutte larghe ai lati. Una volta erano rosse, qualche millennio fa, adesso il colore è una via di mezzo fra il bordò e il marroncino chiaro. Forse un paio di scarpe decenti dovrei comprarmele, almeno per incontrare questi tipi, non sono più coi matti, porca miseria.

Quando la ragazza è venuta a prendermi deve avermi trovata col berretto alzato sulla fronte, la faccia rossa come un pomodoro per l'agitazione e l'imbarazzo per le scarpe scassate. Ho dato un'occhiata alle sue, di scarpe, sono fini col tacco a spillo, lucide, perfette, impeccabili. Femminili. Anche la pelle delle gambe è liscia, appena un po' abbronzata, perfettamente depilata. Io non ho mai saputo fare le cose che la maggior parte delle donne fa.

Nella stanza del produttore l'aria condizionata va al massimo, fa quasi freddo, l'atmosfera è gelida, e il tutto è completamente asettico. Il tipo è piccolo, barbuto, coi capelli appena un po' lunghi, una montatura nera degli occhiali stile anni settanta. Ha un vestito un po' sgualcito. Anche se è un miliardario nessuno lo direbbe mai.

Mi dà la mano, fa un sorriso di circostanza, dice: Aspetti che chiamo Didier.

Didier forse è il suo socio, penso, invece il tipo dall'aria depressa e nervosa che entra nella stanza dice che è un regista.

I due mi si siedono di fronte, fra di noi c'è la scrivania verde asettica e 1000 chilometri di distanza emotiva. Io forse faccio sempre troppo caso a questo genere di sensazioni, ma preferisco così. Preferisco continuare a sentire queste cose e starci male e conservare però la mia appartenenza al genere umano. Non mi piacerebbe passare al genere replicante.

Comunque i due tipi attaccano a parlare veloci, prima uno poi l'altro, si alternano come se fossero in uno sketch per la televisione. Il produttore dice: Abbiamo letto il suo soggetto, è interessante,

Potrebbe funzionare, dice il regista.

Ovviamente sarebbero necessari alcuni cambiamenti, aggiunge il produttore. Beve qualcosa?

Whiskey, dico io, anche se non bevo quasi mai superalcolici a quest'ora, e a stomaco vuoto. Mi capita solo quando sento nell'aria qualcosa che non va.

Didier dice: Abbiamo pensato che invece che in un manicomio potremmo spostare l'azione in un centro d'accoglienza,

L'altro dice: Sì, tipo uno di quei posti per ragazze, per prostitute,

O ragazze madri...

Eccetera...

Vous voyez...

Una storia sociale,

Enfin...

Enfin... dico io.

Sì sì... c'è una star interessata al progetto, dice il produttore.

Catherine Deneuve, dice il regista.

Catherine Deneuve, ripeto io senza il minimo entusiasmo nelle corde vocali. Qualcosa sta cominciando a scalpitarmi dentro.

Le altre ragazze potrebbero essere Beatrice Dalle, o per esempio...

E Sharon Stone, dico io.

Il produttore dice: Be', nel caso di una coproduz...

COSA STATE CERCANDO DI DIRMI? ho fatto io con un tono da esaltata, anche se non avrei voluto.

Il regista ha detto: La tematica del disagio sociale... ci interessa il disagio sociale.

Il produttore ha aggiunto: Ma i matti... i matti lasciamoli stare al manicomio, no?

Però lei come sceneggiatrice ci interessa, vorremmo lei per scrivere, ha aggiunto il regista.

Grazie, ho detto io.

Sì, sì, ah sì, ha detto il produttore.

A questo punto sono pronta a alzarmi e mandarli a fare in culo. Veramente per dirla tutta fino in fondo sarei pronta per alzarmi e mandarli a fare in culo dopo avere preso il portacenere di cristallo dalla scrivania asettica e averlo lanciato contro i vetri della finestra. E magari anche dopo aver preso l'ombrello dal portaombrelli e averlo tirato tante di quelle volte sulla testa di questi due ma tante di quelle volte fino a vederli stramazzare per terra con un trauma cranico.

Invece di fare danni a loro li faccio solo a me stessa, tiro giù un altro sorso di whiskey e cerco di farmi venire in mente a quanto ammontano i miei debiti in giro, poi penso ai debiti di Goli e ai tre mesi d'affitto che dobbiamo ancora pagare.

Bevo un altro sorso, mi accendo una Gauloise e dico: Volete che la scrivo io questa sceneggiatura?

Sì sì certo lei è la persona giusta, dice il produttore.

Va bene, dico, quanto riceverò in cambio di questa prostituzione?

Eh? fa il produttore miliardario.

Be'... fa il regista triste.

Non è prevista una somma iniziale, dice il sacco di merda pieno di soldi.

Lo guardo male, solo un po'.

Il regista ha ficcato la testa dentro le spalle, poi ha detto con un filo di voce: Conviene anche a lei, sarà un cast eccezionale.

Quindi ha aggiunto: E sarà un film sperimentale. D'avanguardia.

Potrebbe associarsi alla produzione.

Che ne dice?

Io ho detto: Dico che potete andare a fare in culo tutti e due.

Perché dice così?

Vaffanculo, ho detto ancora, questa volta in italiano.

Non è che tratto sempre così le persone. Mi sono sentita ancora una volta troppo impulsiva, e di colpo ho avuto una visione, io che abito sotto il Pont-Neuf, insieme a Goli, con lei che mi racconta dei sigari di Churchill, due barbone matte.

Quando riemergo dalla mia visione faccio in tempo a sentire le parole del produttore. Sta dicendo esattamente: Sai quanti ne troviamo di sceneggiatori come te?

E allora? ho ribattuto io dando ancora un'occhiata al portacenere di cristallo e alla finestra.

Lui ha aggiunto: Sei stata fuori dal giro per parecchio tempo, cosa ti aspettavi? Così ha detto, né più né meno, giuro.

La-lascia perdere, Yves, ha balbettato a questo punto il regista triste.

Ecco, bravo, lascia perdere Yves, ho aggiunto io alzandomi dalla sedia.

Aspetta, perché non pensi ad associarti alla produz... ha cercato di dire ancora il regista Didier.

Ho sentito dei brividi di freddo lungo la schiena e mi è sembrato di fare fatica a mandare giù la saliva, come se di colpo mi si fossero gonfiate le tonsille, ma una cosa enorme. Forse è il magone o forse la rabbia o forse che c'è troppa aria condizionata in questo cazzo di posto. Non dovevo dare in pasto la mia vita a questa gente, e non dovevo bere il whiskey.

Ho attraversato la stanza con le mie scarpe scassate e sono uscita fuori, oltre il corridoio e la sala d'aspetto, sono uscita fuori.

In questi giorni d'estate quando la luce accarezza le cose è difficile restare depressi o incazzati a lungo. Il magone è durato ancora un po', poi man mano che mi allontanavo da quel posto si allontanava anche lui. Ho cercato con lo sguardo degli alberi, dei fiori, qualcosa di bello da poter guardare. In genere tendo sempre a mantenermi in armonia col mondo, nonostante tutto, e anche se non è proprio facile.

5

Quando sono rientrata a casa erano le tre passate, ero tutta sudata. Ho trovato Goli con la sua amica Cecile sedute al tavolo della cucina. Dal gabinetto è uscita un'altra ragazza, una tipa che Goli ha conosciuto al Saint-Etienne, mi pare. Goli ha sempre su la sua camicia da notte delirante.

Mi ha dato un'occhiata e ha detto: Sai cosa stavo dicendo, stavo dicendo che mi piacerebbe fare la suora, che ne dici? Uh! quanto sarebbe bello starmene in un convento! Tu non puoi sapere quanto.

Ha barcollato un po' in giro per la cucina, si è messa a cercare qualcosa nel cassetto del tavolo. Ha trovato un grembiule verde con un orsacchiotto vestito da cuoco stampato sopra, se lo è legato dietro e ha preso l'aria di una casalinga che sta per lanciarsi nella preparazione di un pranzo domenicale. Invece si è seduta al tavolo e ha ripreso a sfumazzare tranquilla con le sue due amiche.

Poi si è alzata e si è data un'occhiata nello specchio. Ha detto: Oh porca miseria non vi pare che sto ingrassando? Cristo santo, mi sento cadere a pezzi, secondo voi perché? Secondo me perché non scopo abbastanza, merda merda merda.

Dico: Hai telefonato a quello che ti ha chiamato per i massaggi?

Io non li faccio i massaggi, non li faccio più. Per cento franchi all'ora preferisco stare tutto il giorno a letto a dormire.

Brava e così continui ad andare in giro senza una lira in tasca, ho detto io. Quello che sto cercando di fare è assumere la parte di quella con la testa sul collo, faccio: Goli, ti devi responsabilizzare, lo capisci che alla tua età devi prenderti in mano, devi avere una vita da adulta.

Ohlalà, sei piazzata proprio bene per farmi la morale, tu.

Tu come vivi? mi chiede l'amica uscita dal gabinetto.

Con i sussidi, come me, come vuoi che viva? risponde Goli.

Io ho anche un lavoro, però.

Sìì, fa lei.

Che fai? fa la tipa.

Io scrivo per il cinema.

Sìì come no, fa ancora Goli,

Sei amica di Goli? chiedo.

Certo che è mia amica sennò come faceva a entrare in casa. Ci siamo conosciute al Saint-Etienne, si chiama Viviane.

Ah, dico io un po' laconica. Poi per tenere viva la conversazione aggiungo, Anche tu sei stata al Saint-Etienne?

Io sono infermiera al Saint-Etienne.

Guarda questa che passa la sua vita fra i matti penso, guarda questa che se li va a beccare anche dopo il lavoro.

Te l'ho detto che io ho fatto amicizia con tutte le infermiere del Saint-Etienne, dice Goli. Te l'ho detto come mi volevano bene, andavamo d'accordo, è vero Viviane?

Ho capito, dico io.

Suonano alla porta, dice Cecile.

Ouf, fa ancora Goli con un tono mondano.

Aspetti qualcuno? chiedo.

No, forse è Philippe, fa lei.

Philippe! sei rimasta in contatto con Philippe? chiede Viviane.

Certo, è un caro amico, un po' rompipalle, ma gli voglio

bene. È come se fosse un fratello per me. Lui è stato quindici anni al Saint-Etienne. Mica un giorno eh, quindici cazzo di anni!

Vado io a aprire, dico.

È Alice, la bambina del terzo piano, la madre è una ragazza portoghese, il padre è sconosciuto. Entra di corsa, e senza cagarmi nemmeno un po' si catapulta in cucina, cerca il suo idolo con lo sguardo e quando l'ha trovato le si butta addosso, fa: Goli Goli, mi fai vedere la bottiglia col verme schifoso quello che mi fa paura?

A questo punto la piccola alza le mani per essere presa in braccio. Ehi, attenta a non guastarmi la pettinatura, eh, fa Goli che in questo periodo gira con una messinpiega gonfia sulla testa e girata in fuori sulle punte. È la sua pettinatura stile Jackie Kennedy. Lei dice che le ricorda che c'è stato un altro periodo nella sua vita. Quando era sposata al figlio di un pittore ricco e famoso e se ne andava in giro mezza nuda sulle spiagge di Saint-Tropez, lei dice che andava a cena con Picasso e anche con Dalí. Fa un po' strano vedendola qui pensare a quell'altra Goli, a quell'altra vita.

La bambina dice: Goli mi racconti quella storia, la storia dello scorpioneeee-eeee....

Uf, che palle! fa lei.

Daai la storia dello scorpione-eee...

La storia dello scorpione è uno dei suoi pezzi forti, di solito la tira fuori quando deve parlare male di una sua amica che una volta le ha rubato un uomo.

Goli si tiene Alice in braccio, comincia a versarsi una birra in un grande boccale a forma di stivale che deve avere fregato in qualche bistrot e poi dice, rivolta a Viviane: Sai, a me gli uomini mi piacciono proprio così. Un po' stronzi...

E quel boccale quando l'hai preso? È nuovo? chiede Cecile che fino a ora non ha aperto bocca.

Lei dà un'alzata di spalle e si aggiusta la camicia da notte come se fosse Jacqueline Kennedy, poi fa una smorfia per dire che a lei non le passa nemmeno per la testa di rispondere a una cazzata del genere. Sono sicura che non si ricorda dove l'ha fregato.

Lei continua, dice: Ti ho detto come mi piacciono gli uomini? Devono essere stronzi, te l'ho detto? Devono avere un'aria un po' cattiva sennò non mi eccitano. Fa una pausa, carezza la testa di Alice che la rimira a bocca aperta e aggiunge: Te l'ho detto come mi eccita Mathieu?

Ma è sposato! fa Viviane.

E chi se ne frega, fa lei.

Goli, mi racconti la storia dello scorrrpionee-ee, dice ancora Alice.

Tu stai calma, eh, anzi tu tappati le orecchie.

È uno stronzo, a me non mi piace, dice la sua amica Cecile.

Hai visto? faccio io.

OOOOHHHH!! Andate affanculo tutte quante. Fuori di qui, fuori da casa mia, fa lei.

Non esci oggi? chiedo

No, devo stare a sorvegliarti, oggi sento che farai qualche cazzata. Perché non scrivi più? Perché non lavori al film?

Io alzo le spalle, dico: Hanno detto che non mi pagano nemmeno.

Be', che vuol dire, tu inizi a lavorare poi sono sicura che farai qualcosa che avrà tanto successo, come quello che ha scritto quattro funerali e un matrimonio.

L'infermiera fa: Vuoi dire che ti piace Hugh Grant?

Chi quel finocchio, no, chi se lo incula,

E poi stava parlando di quello che ha scritto il film.

E tu? allora perché non vai a fare i massaggi?

Io per cento franchi all'ora non lavoro lo sai. Preferisco uscire con Mathieu e farmi pagare la cena e i vestiti da lui.

Ma non si fa così! dice l'infermiera Viviane. Le ragazze perbene non fanno così.

Io non sono una ragazza perbene, fa Goli. Io sono un'ex tossica, un'ex alcolista, ho vissuto la rivoluzione in Iran, ho tentato tre volte di ammazzarmi, mi sono tagliata le vene per un uomo, non sono una brava ragazza, non ci vado nemmeno vicino all'idea di brava ragazza.

La storia dello scorrrpione, fa la piccola.

A te ti conviene stare buona e tranquilla che oggi non è aria.

Gliel'hai promesso e adesso gliela racconti, dico io.

Va bene, fa lei, si tira indietro i capelli, butta giù ancora un po' di birra: C'era una volta uno scorpione che ha chiesto a un ippopotamo se lo aiutava a fargli attraversare un grande fiume. L'ippopotamo gli dice: Ma se io ti prendo su poi tu mi pungi e io muoio. Lo scorpione allora promette che se l'ippopotamo l'aiuta lui non lo pungerà. Allora l'ippopotamo accetta di trasportare lo scorpione sull'altra riva. Fanno tutto il fiume e quando è arrivato dall'altra parte lo scorpione dice: Ti ringrazio tanto tanto, ippopotamo, e poi tac! lo punge. L'ippopotamo mentre sta per tirare le cuoia dice: Ma me l'avevi promesso. E lo scorpione: Sì, l'ho promesso, ma pungere fa parte della mia natura, non posso farci proprio niente.

IH IH IH, Alice si piscia addosso dalle risate.

Viviane resta con la bocca leggermente aperta e una mano piazzata davanti come per frenare un commento che potrebbe uscirle. Cecile ha lo sguardo perso nel vuoto. A me questa storia non mi mette per niente di buon umore.

Il giorno dopo ci siamo svegliate a mezzogiorno, ci ha svegliate il telefono con un suono sinistro, allarmato, vagamente ansioso. Non ho nessuna voglia di rispondere. IO NON RISPONDO, urlo verso la stanza di Goli.

Ti prego ti prego rispondi forse è per me... miagola Goli dalla sua camera, forse è Mathieu.

Sì Mathieu, ho detto tirandomi su e trascinandomi in cucina alla ricerca del telefono senza filo. Quando l'ho individuato con la bocca impastata e gli occhi chiusi ho detto: Chi è? senza il minimo entusiasmo.

Pronto? sono io tesoro!

Eh?

Sono io, ti disturbo?

??...

Sono mamma!

La genitrice con la sua leggendaria telepatia ha pensato bene di farsi viva proprio stamattina che sono in coma e mi sento uno schifo.

Che stai facendo? Tutto bene? fa lei con un velo di finta timidezza nella voce.

Sì, mi... mi sono appena svegliata...

Ho aperto il frigo e ho dato un'annusata a una fetta di

torta con la panna che staziona lì da due secoli. Mi è venuto il voltastomaco e l'ho rimessa dentro. Sono sicura che quella torta continuerà a rimanere lì ancora per un millennio. Mi sono messa a immaginare le ere che passano, l'universo che implode lentamente, la terra che si surriscalda e la mia torta che continua a stazionare nel vecchio frigorifero.

Ti sei svegliata adesso? Come mai? Non ti senti bene? STAI MALE TESORO?

A questo punto prendo un paio di aspirine effervescenti e le calo in un bicchiere, poi butto giù veloce.

Non parli? Non puoi parlare? Hai male ai denti?

Mamma... no, sto bene... ich, sto benissimo mi è venuto solo il singhiozzo... mamm... dico ancora questo e quindi mi esce un rutto clamoroso, dev'essere l'effetto delle aspirine.

Oh, che volgare, che volgarità! fa lei.

Occazzo, ho detto io.

Oh gesù, non è che stai di nuovo male? Non è che sei triste, da sola, lì, in quella città così grande... con tutte le cose brutte che succedono ogni giorno, e tu sola sola.

Non sono sola sola mamma, c'è la mia amica Goli.

Be', voglio dire senza tuo marito.

Pascal non era mio marito, vivevamo insieme, scopavamo e eravamo felici senza la benedizione di gesù bambino, te l'ho detto tremila volte.

Vabbè, vabbè, comunque, volevo sapere se stai bene.

Sì sto bene, sto benissimo. Se è tutto quello che volevi dirmi...

Ecco no, ti volevo dire un'altra cosa, che...

Avanti.

Ecco, si è rifatto vivo tuo padre.

Come scusa? dico io mettendomi a sedere sulla mia sedia azzurra traballante.

Sì, è venuto qui e... insomma, mi ha detto che è stato in giro ha viaggiato, è stato in Brasile mi ha detto... oh gesù.

Che ti ha detto?

33

Be', mi ha detto, insomma ha fatto una delle sue sceneggiate, si è presentato con un mazzo di rose, ma tante così. Mi ha portato a mangiare il pesce al ristorante, abbiamo mangiato la frittura di pesce, buonissima.

Mamma!

E lui... insomma, lui ha detto che mi vuole sempre bene. Che mi ha sempre pensato, a tutte e due, ci ha portato sempre nel suo cuore.

MAMMA!

Eh? fa lei con vibrazioni di ansia a mille. Certe volte mia madre riesce a sembrare una bambina che sa di avere fatto una cazzata e ha paura di prenderle.

Dico: Mamma! non ci posso credere, merda, non posso credere alle mie orecchie!

Non ti arrabbiare tesoro.

NON TI ARRABBIARE??? TI RENDI CONTO DI COSA CAZZO MI STAI DICENDO?

E su, non essere sempre così volgare,

VOLGARE UN CAZZO.

Ecco, se sapevo non te lo dicevo, mi sembrava una bella sorpresa.

No, giuro che non posso crederci.

E su, dai...

Ho voglia di spaccare qualcosa ho voglia di dare fuoco alla baracca.

ODDIO TESORO NON È CHE TI VIENE DI NUOVO UNA CRISI!

Una crisi! ma sentila.

Be', ormai è fatta, dice lei.

Col cazzo che è fatta, dico io.

Sempre tutte queste volgarità, tu e tuo padre siete proprio uguali.

Senti mamma, faccio io cercando di calmarmi, voglio sapere questo, solo questo.

Dimmi, fa lei con un filo di speranza nelle corde vocali.

È vero o no che tuo marito nonché padre di tua figlia è sparito dalla circolazione più di quindici anni fa?

Lei: ...

Io: È vero o no che ci ha lasciate nella merda fino al collo? Eh?

Lei: Eh.

Io: STO DICENDO CAZZATE O NO?

No, no, ma stai calma.

Ci lascia nella merda per una vita. Un giorno rispunta, due rose, una frittura di pesce e tu cosa fai, cali subito le braghe. No, ma non mica è possibile.

E su, tesoro, nella vita bisogna sapere perdonare sai.

Guarda ma', io metto giù perché sennò prendo e vengo lì a strozzarti,

Oh falla finita, senti, puttosto, ha detto che vuole rivederti, vuole rivedere sua figlia.

COME HAI DETTO? RIPETI?

Ma perché devi sempre fare una tragedia di tutto. Comunque gli ho dato il tuo indirizzo. Ho fatto male?

Quando questo schifo di conversazione è arrivata alla fine ho messo giù il telefono e sono rimasta stordita e arrabbiata a guardare i piatti sporchi nel lavandino, poi ho spostato lo sguardo verso la finestra, verso il cielo azzurro e bianco. Dopo qualche minuto Goli è uscita fuori dalla sua stanza, ha messo su il bollitore con l'acqua e quindi ha fatto partire un disco di Aretha Franklin. Quando è arrivato il suo pezzo preferito, quello che fa I say a little prayer for you l'ha rimesso da capo tre volte di fila. Ogni tanto si alza e ci balla sopra. Quello che Goli mi ha insegnato è che anche se nella vita ci sono dei guasti dentro di te e fuori di te, anche se certe volte ti sembra che i rapporti umani sono sotto il livello minimo e tutto fa un po' cagare, ci sono sempre delle cose a cui puoi attaccarti. La musica, le sigarette e il caffè, per esempio.

Ha detto: Be' ma guarda che faccia che hai!

Io ho detto che non è giornata.

Uf! Non è mai giornata per te! Sei sempre di cattivo umore!

Se vuoi cambiare inquilina accomodati.

UH MADONNA DEL ROSARIO!

Mi ha telefonato mia madre, dico.

Lei si blocca di colpo, trattiene il fiato e mi guarda. Dico: Mi ha detto che si è rifatto vivo mio padre.

Abbassa la musica, appena un po', dice: TUO PADRE? MA È MERAVIGLIOSO!

Come no.

Mia madre è una santa, te l'ho già detto?

Solo qualche milione di volte.

E dai! Quanto sei stronza, sei proprio una grande stronza, non mi prendere in giro se non mi ricordo quello che dico.

Non ti prendo in giro,

Giura su Dio che non mi prendi in giro,

Giuro.

Su Dio.

Dai, non fare la bambina.

Va bene, ti credo,

E poi? dico.

Guarda che io mi fido di te eh,

Fai male.

Che stronza vedi che sei proprio stronza.

Dai che sto scherzando.

Faccio bene o faccio male?

A fare cosa?

A fidarmi di te, no!

FAI BENE!

Mi dice: Senti perché non vieni con me da Yumiko, ho pensato di portarci Cecile.

Cosa la porti a fare da Yumiko,

Ma sai lei è giapponese, è una donna saggia, mi dà l'idea che è proprio quello che ci vuole per Cecile. Ha molti problemi, sai.

Che è giapponese siamo d'accordo, se poi è anche saggia non lo so, proprio non lo so...

Ma sì, ti dico di sì!

Sei sicura che è saggia Yumiko, di saggio ci ha solo gli occhi a mandorla.

Pensa che tra una cosa e l'altra è stata al Saint-Etienne per dodici anni. Dodici eh.

Appunto.

Ma adesso sta benissimo, devi vederla, lei sostiene che ce l'ha messa la matrigna al manicomio, perché non andavano d'accordo, e per questioni di soldi.

Sul serio?

Sì, sì, oddio certe volte un po' strana lo è, sai stare dentro tutti quegli anni mica è come bere un bicchiere d'acqua, adesso sono sei anni che abita da sola. Ma guarda ti dico che tante persone vanno da lei per chiederle dei consigli! Sai che dà dei consigli proprio intelligenti, intelligentissimi.

Ho capito, dico.

Comunque ha quella bella casetta vicino al Bois de Vincennes. Te la ricordi la casetta di Yumiko? Ah, avessi anch'io una fortuna così!

Sì che me la ricordo.

Quando ci sei stata?

Al suo compleanno, mi ci avevi portata tu, l'anno scorso, al suo compleanno, c'era Philippe, Anne Marie, c'era tutto il gruppo dei tuoi amici.

Sì, tutti quei pazzi, dio che pazzi che sono!

Eh signore iddio.

Puoi dirlo, ha detto lei. Eh! ha fatto sbattendo le braccia sui fianchi.

E che problemi avrebbe Cecile, dico ancora.

Be', prima di tutto è innamorata di uno sposato,

Ma sentila!

Sì, poi dice che quando scopa non riesce a venire.

E deve chiedere consiglio a Yumiko? Che ne sa lei di scopate?

Ah, io come venivo con mio marito, devo dire che non sono mai più venuta. Lui mi scopava tutte le sere. TUTTE LE SANTE SERE PER UNDICI ANNI!

Per la madonna, dico.

Comunque, Cecile voglio farla parlare con Yumiko. Tu vieni?

Non credo.

Verso l'una ha telefonato prima a Cecile poi a Yumiko, ha detto che stavamo arrivando.

Non ci siamo capite, io non ho nessuna voglia di venire da Yumiko, ho detto.

Alle due Goli, Cecile e io siamo installate nella RER. C'è poca gente in giro e penso che ho fatto bene a farmi coinvolgere in questa uscita, mi dico che devo seguire i consigli di Goli, sono quasi sempre buoni.

Siamo scese alla stazione di Vincennes. Goli dice rivolta a Cecile: Io mi sono fatta l'idea che lei fa al caso tuo, sai. Yumiko mi ispira calma, forse perché è orientale.

Questa mi sembra la cazzata del secolo, dico io.

Forse è buddista, dice Goli, oggi glielo chiedo, le chiedo se è buddista se fa lo zen o qualcosa del genere.

Così suoniamo e la donnina che ci apre ci sorride tutta felice, ci fa entrare e ci offre dei pescetti marinati che ha fatto per noi, ha preparato anche il riso avvolto nelle foglie di vite e ci ha aperto una bottiglia di rosso.

Dice: Come sono contenta di vederti, cara Goli.

La mia amica ride tutta felice.

Come stai? stai bene, eh? le chiede.

Bene proprio bene no, Yumiko, però ho trovato una psichiatra super, ha capito tutto di me, e poi la notte dormo meglio. Ti ho detto che prima andavo a prozac?

Sì, me l'hai detto, fa Yumiko.

Be', col prozac mi calmavo ma l'angoscia non mi passava! Mi svegliavo la mattina con un'angoscia che non te lo dico!

E adesso? chiede ancora Yumiko.

Adesso sto meglio, ogni tanto faccio ancora lo speedball, prendo un cocktail di prozac, xanax e halsion così dormo tutta la notte anche dieci undici ore e quando mi sveglio sono rilassata e felice come un bambino appena nato!

OH! fa Yumiko con la mano davanti alla bocca.

Sì sì sì, continua Goli, come no.

Oh, ma queste cose potrebbero rovinare la tua salute, dice Yumiko.

Non ti preoccupare, mi sento forte e in gamba, mi sento forte come un toro, fa lei. Anzi, senti Yumiko ti ho portato la mia amica Cecile che aveva proprio voglia di conoscerti, è una mia amica, e adesso c'ha questo problema, che è innamorata di un tipo sposato.

OH! fa di nuovo Yumiko.

Sì, fa Cecile.

Guarda adesso lei è intimidita, ma te lo dico io che cosa ha fatto, si è già spaccata una mano, ha tirato dei pugni nel muro del metrò e si è spaccata la mano. Fagliela vedere dai. Cecile ha tirato fuori una mano tutta blu e Yumiko ha ripetuto: Oh!

Dove l'avevi nascosta quella mano, non te l'avevo mica vista, dico io.

Be', mica devi sempre sapere tutto, no? dice Goli.

Ma te la sei spaccata o è solo nera?

No, non se l'è spaccata, ha solo fatto a botte col muro. Scusa eh se racconto le tue cose, ma tu te ne stai lì muta come una carota, parlo io, va bene?

Sì sì, ha detto Cecile.

Dunque, ascolta Yumiko, Cecile dice: Ah io non voglio rovinare una famiglia, non voglio proprio, no no, non le rovino io le famiglie,

Bene, questo è bene ha detto Yumiko guardandoci attraverso la piccola fessura dei suoi occhi e la frangettina di capelli piatta sulla fronte. Poi ha mosso un paio di volte la testa come fanno i giapponesi per ringraziare o per dire che va bene, una cosa del genere. E è rimasta in silenzio.

Io chiedo: Tu da quanto tempo sei uscita, Yumiko?

Sei anni a giugno, sì, fa lei abbassando di nuovo appena la testa.

E come stai?

Bene, molto bene adesso, sì. Sto molto bene fuori. Una vita più bella fuori, stare dentro non era molto bello, no.

Dille quanti anni sei stata dentro, Yumiko, fa Goli.

Undici anni, fa lei.

Porca miseria, dico io.

E ora?

Mi sento di stare molto bene fuori, sì. Laggiù non mi piaceva mica tanto, prima, se facevi qualcosa ti legavano, legavano tante donne.

Come legavano? dico io.

Delle volte legano così, altre volte così, a seconda, dice lei e intanto fa prima il gesto con le braccia allargate, tipo crocifissione poi con le braccia incrociate, tipo camicia di forza.

Cosa fai adesso?

Oh, adesso faccio da mangiare,

Fa da mangiare benissimo, dice Goli,

Poi pulisco la casa, faccio le passeggiate al parco, vado al cinema.

Che tesoro che è! dice Goli guardando la sua amica giapponese.

Sono stata legata quattro anni, di giorno e di notte, continua lei. E mi davano pillole, tante pillole.

Adesso non le prendi più, vero? dice Goli,

No, non più pillole.

Goli dice: Allora cosa ne pensi del problema di Cecile?

Yumiko ha versato del vino nei nostri bicchieri, ha detto, sempre sorridendo, che avere delle passioni è bello come no ma rimanere prigioniere delle passioni e farsi per questo del male ci porterà alla rovina.

Io ho pensato che Goli ha fatto una cazzata a portare qui la povera Cecile, che questa era un'altra mazzata per la sua fragile testa, come se dall'oriente arrivasse la mazzata finale.

Allora Goli ha detto: Sì sì, io la capisco questa faccenda che dici tu delle passioni, ma se lei è innamorata che deve fare?

Yumiko non ha risposto subito, ha guardato verso il soffitto, come per meditarci su un momento. O forse che aveva già fatto il pieno di vino rosso prima ancora che arrivassimo noi, non è da escludere.

Cecile ha finalmente preso la parola e ha detto: E poi lui è un uomo meraviglioso!

A questo punto Yumiko si è quasi incazzata ha detto che sinceramente lui non le sembrava proprio tutta questa meraviglia, che gli uomini come quello le sembrano solo dei vigliacchi profittatori e infedeli.

È vero, tale e quale a Mathieu, ha detto Goli. A proposito, non ve l'ho detto ma oggi ho deciso di mandare a fare in culo Mathieu.

Questa sì che è una notizia, ho detto io.

Abbiamo continuato a bere vino rosso e a ingozzarci di pescetti marinati. La testa ha cominciato a girarmi.

Poi di scatto Yumiko si è alzata e ha aperto la porta per mandarci fuori dalle palle.

Scendendo le scale Goli ha detto: Ti ho visto sai che ci hai dato dentro col vino rosso.

Io ho detto che mi sento bene.

Hai visto? te l'avevo detto che fa sempre bene venire da Yumiko, anch'io mi sento molto bene, mi sento in armonia con l'universo, come dici tu.

Quello è ancora l'effetto del prozac e dello xanax, ho detto io.

E tu come ti senti? ho chiesto a Cecile che mi sembrava completamente a terra.

Be', ha ragione Yumiko, ha detto lei, queste storie possono farci molto male.

Cacchio Cecile, ti trovo di una grande lucidità, no, sul serio, mi sembri davvero in gamba sai.

Sì, ha detto lei, e poi con aria un tantino perfida ha aggiunto: E tu? Come ti vanno le cose con quel tipo?

Chi?

Sì, quello con cui stavi, vivevate insieme, no?

Oh, acqua passata.

E non ci stai più male?

No, ti dico, acqua passata.

Lui si è messo con un'altra, eh? ha continuato la cara Cecile.

Forse, sì, mi sembra di sì.

E tu non ci stai male?

Be' ragazze io me ne ritorno a casa, ho delle cose da sbrigare.

Goli dice: Il tuo problema Cecile è che non vedi mai delle altre persone, a parte me non vedi nessun altro. Dovresti guardarti un po' intorno, capisci? così non resti sempre attaccata al tipo sposato. Non è granché quell'uomo, lo sai, te lo ha anche spiegato Yumiko, però tu ci stai attaccata. È come quando uno ha una fame da morire. Cosa succede quando uno ha tanta fame, succede che prendi quello che c'è, se c'è solo un pezzo di pane duro te lo mangi e ti sembra qualcosa di fantastico, ti sembra come un pasto da re anche se è una vecchia baguette. Non pensi che sia così?

Torniamo a casa, ragazze, dico io.

8

La sera beviamo una tisana calda sedute in cucina, guardiamo un'intervista all'attore Jackie Chan alla tivvù.

Goli dice: Quanto è potente questo Jackie Chan! Mi ricorda Mathieu.

Oh, fanculo Mathieu, dico io.

Non mi trattare male!

Non ti tratto male.

Insomma...

Non avevi detto che lo lasciavi perdere?

Ho detto così?

Sì.

Se l'ho detto è perché lo pensavo.

D'accordo.

Sai io credo di essere migliorata tanto, ma proprio tanto eh. E proprio grazie a te, oh.

Questa è buona, dico.

No no non dire sempre cazzate io credo che non ragiono più in un modo così autodistruttivo adesso io credo di essere molto migliorata. Ma quanto mi piace Mathieu!

Oh, fanculo questo Mathieu.

Perché? Ma perché devi dire così!

Ti ha telefonato?

No.

E allora, lo vedi che è uno stronzo.

Domani gli telefono io. Anzi lo chiamo adesso.

Se lo chiami adesso non ti parlo più,

Uf, lo chiamo domani.

Deve essere lui che ti chiama, lo cerchi sempre tu.

Merda questo è vero.

E lui dopo una serie di telefonate ti fa il favore di scoparti.

Ebbè? A me sta bene così.

Sì, come no.

Perché? Non ci credi che mi sta bene così?

Sì e poi ti viene voglia di morire.

Cosa c'entra. Si alza, dà un'occhiata nel frigo, fa: C'è rimasto un mezzo mango, è un po' nero, fa lo stesso, io me lo mangio, tu lo vuoi?

Mentre si fa fuori il mango annerito dice: Ma che forte che è la mia nuova psichiatra. E poi, che culo che ho avuto che ci siamo incontrate io e te! Bisognerebbe farci un monumento a Laval perché ci siamo incontrate! Come mi trovo bene con te.

Grazie, è reciproco, dico.

Se fossi lesbica ti sposerei!

Perché no.

Tu con i complimenti non è che ci vai troppo forte eh... Pff, questo mango fa veramente schifo. Senti una cosa, sai che mi ha detto la psichiatra? mi ha detto che si trova benissimo con me, che lavoriamo molto bene insieme e che secondo lei in poco tempo avremo finito.

Io mi sono immaginata la tipa che non sa che pesci pigliare con Goli.

Dice: Le ho raccontato un sacco di cose di quando ero bambina, è strano perché non mi ricordo cosa ho mangiato oggi però mi ricordo tutto perfettamente di quando avevo sei anni o cinque o anche quattro a volte.

Si alza di nuovo, recupera due carote dal frigo, fa: Io mi faccio due carote rapé. Tu ne vuoi?

No, dico io.

Domani vado all'ospedale americano, te l'ho detto?

No, non me l'hai detto, che ci vai a fare?

Ho cominciato a lavorare lì come volontaria coi bambini malati di aids.

Goli è mezza sballata e mezza santa. Dice ancora: Secondo me ti ci vorrebbe anche a te una psichiatra, non combini granché, no? Guarda che non è una critica perché tu mi sei molto simpatica, anzi mi sei proprio simpaticissima. A proposito, tu ti ricordi com'eri da bambina?

Boh,

Dai figurati se non te lo ricordi.

Quello che mi ricordo è che non mi piaceva lavarmi, non mi piaceva pettinarmi e nemmeno infilarmi le scarpe con le stringhe. Non mi piaceva andarmene a scuola e starmene seduta nel banco per delle ore, mi sentivo come un animale in gabbia.

Accidenti tu racconti le cose come se sei una bestia.

Mi viene da ridere. Poi penso che c'è qualche altra cosa che viene su quando penso al passato. È strano, perché è come se non fosse un mio ricordo, è come se fosse di qualcuno che un tempo aveva a che fare con me. È un ricordo di gioia, di una vita di gioia, ma non riesco a collegare niente di preciso a questa sensazione, né una faccia né delle parole, niente. Mi è rimasta solo una vaga sensazione. Ma questa è un'altra storia, e non mi va di raccontarla adesso alla mia amica.

Adesso vado a dormire, dico. Vorrei chiuderla questa giornata, non è stata il massimo, e nemmeno quella prima lo è stata.

Ci diamo la buonanotte, lei lo so che stazionerà ancora in cucina fino a tardi. Poi forse prenderà due pillole per andare a dormire. Anche se mi dice che adesso prende solo i fiori di Bach, lo dice per non farmi preoccupare. Ma stanotte non ho voglia di preccuparmi per lei. Vado a dormire e spero di svegliarmi il più tardi possibile, così mi calo anch'io un paio di schifezze per perdermi ancora meglio in un altro mondo, quello dove non ci sono produttori vampiri, scarpe rotte, e ragazze giapponesi rinchiuse nei manicomi.

9

Ci siamo svegliate di nuovo a mezzogiorno, ci ha svegliate un'altra volta il telefono, era una tipa che ha detto di lavorare per la pace nel mondo. Ha detto: Buongiorno, vorrei farle una domanda a questo proposito, lei permette?

Vada, ho detto io per via della mia fondamentale gentilezza d'animo.

Quello che vorrei sapere è se lei crede alla possibilità di realizzare un mondo migliore.

Come dice scusi?

Quello che vorrei sapere è se crede che sia possibile realizzare un mondo di pace e armonia.

Questa è matta, ho detto a Goli che vaga in coma per la cucina.

Lei ha sbadigliato e poi ha detto: Allora invitala da noi.

La tipa sta continuando a chiedermi se ci credo. Io le ho detto di sì, come no, allora quella ha chiesto se poteva passare a casa a trovarmi.

È una testimone di geova? ho chiesto io,

No, no macché siamo cristiani carismatici, o riformisti, ha detto, non ho capito bene. Mi sono immaginata la casa invasa di questi tipi che cantano inni e pregano a squarciagola, non riuscivo a mandarli via, era un brutto trip, ho guardato Goli con una faccia disperata. Lei ha preso in mano la situazione. Ha afferrato la cornetta e ha detto: Brutta maleducata, non si permetta mai più di telefonare, questa è una casa rispettabile. Ha buttato giù e io mi sono pisciata addosso dalle risate, quando ci si mette Goli è proprio forte.

Ho tirato giù un paio di aspirine e poi abbiamo cominciato a bere il nostro litro di caffè tentando di uscire dal mondo degli zombie. Hanno suonato alla porta, era Philippe.

TESO-OROOOO, ha detto Goli buttandogli le braccia al collo. Come stai? Eh? Come stai?

Philippe l'ha abbracciata senza troppe cerimonie. Ha dato un'occhiata intorno coi suoi grandi occhi azzurri sgranati e poi ha detto: Sto bene, ma non voglio lavorare. Non voglio proprio lavorare, il lavoro mi rende arduo e mi rende sincero, sono felice con i miei compagni di lotta come te, Goli.

Goli e io ci siamo scambiate un'occhiata. La nostra occhiata significava: è così, che ci vuoi fare?

Poi il telefono è ripartito in quarta. Io l'ho afferrato e ho detto: Allò? dall'altra parte c'è stato solo silenzio.

Dico di nuovo allò?

Pronto? Pronto pronto signooo-ri-inaaa... mi dia il numero del cuore...

Sì? ho detto io col mio famoso sangue freddo.

ALLORA! CHE NON MI RICONOSCI? SO' IO, STO QUA!!! SO' ARRIVATO A PARIGGGI !!!

Chi? Come dice?

So' papà!

Papà, faccio io con una calma piatta. La calma del condannato a morte.

ALLORA! COME STA LA MIA FIGLIOLA?

Eh, mica male dico io col torcibudella e la voglia di vomitare che mi viene di colpo.

Pure io sto bene, sto proprio bene.

Eh, sono contenta per te.

Ah, mi so' tolto dai coglioni e affanculo a tutti!

PAPÀ! dico io.

Che è?

Cristo dove sei?

Bo', e chi cazzo ci capisce qualcosa qua, ci stanno tutti 'sti cartelli...

Ma dove sei, sei in Italia... dove...

Ma che Italia, so' entrato in un bar, questi stanno con certe brutte facce, pussa via!

Senti mi dici dove minchia sei per favore.

Eh, qua sto... aspetta che mo' chiedo: ehi, por favor segnor, mi dici dove stiamo, do' stiamo? AH PLASDITALÌ! Mersi mersi bocù.

Caz... vuoi dire che sei a Parigi?

Sissignore.

Ah.

Vengo a trovare la mia figliola.

No, senti...

Che è?

Io... non... io non credo che è una buona idea... io... ho la mia vita e...

Eh la tua vita, e che te ne mangio un pezzettino, mo', della tua vita?

È che... ecco se volevi vedermi dovevi almeno avvertirmi prima, non...

Sì, è fatta la regina d'Inghilterra! Che, devo prendere l'appuntamento per vedere la mia figliola, la figlia di Reian?

Merda papà.

Me' mi vuoi dire come cazzo faccio per venire a casa tua.

Io non credo che è una buona idea.

Come non è una buona idea, mi so' fatto duemila chilometri co' sto cazzo di caldo, vedessi che caldo che ci stava sull'autostrada, porca madosca!

Io... non ho voglia di vederti.

Ma che stai a dire?!

Non ho voglia di sentirti, penso che è un po' tardi per questo genere di cose.

Ma non dire stronzate! chi cazzo te le ha messe in capa 'ste stronzate!

Ciao, io metto giù, sono con degli amici.

Non mi sbattere il telefono in faccia, non ci provare che...

Ho messo giù, e ho continuato a bere la mia tazza di caffè, e poi ho attaccato a sgranocchiare due biscotti integrali alle mele, belli secchi e un po' amari, hanno proprio un gusto schifoso 'sti cazzo di biscotti. Ho guardato Goli e Philippe che mi osservavano a bocca aperta senza fiatare. Ho detto: Sta arrivando mio padre.

Che bello! Ma questo è meraviglioso! ha detto Goli.

Questa è una grande occasione, ha detto Philippe.

Come no,

Il telefono ha suonato di nuovo, e io mi sento a pezzi, e ho anche voglia di spaccare qualcosa.

Goli ha detto: Il telefono!

Il telefono! ha ripetuto Philippe.

Io non mi sono mossa.

Goli dice: Perché non rispondi?

Perché so che è mio padre.

Dai, fallo venire, fallo venire, ho una voglia di conoscere tuo padre!

Il telefono che continua a squillare, Philippe tira su, fa: Bonjour, hôpital Saint-Etienne. Desirez vous?

Goli prende la cornetta e fa: Dammi qua scemo. Sì? fa con un tono da principessa. UH SÌ! RENATO! SUA FIGLIA MI HA PARLATO TANTO DI LEI... eh... no... se ha detto così... sì sì IH IH (ride come una matta, tutta contenta). No, io provo a dirglielo ma se sapesse... d'accordo, va bene, ti do del tu, se sapessi, ha una testa così dura tua figlia! Va bene ciao ciao Renato...

Mette giù e prende a guardare verso di me.

Era tuo padre.

L'avevo capito.

Perché non lo fai venire, almeno una volta, ha tanta voglia di vederti.

Goli, dacci un taglio.

Sai che ha una voce simpaticissima.

Come no.

Ou, secondo me tuo padre è un essere ECCEZIONALE!

Va bene, ma adesso fumati le tue sigarette in pace e cambiamo argomento.

Ah, potessi parlare io con mio padre! ha detto ancora lei.

Perché tuo padre è morto? ha detto Philippe.

Sì, purtroppo. Era una persona straordinaria.

Ma se mi hai detto che cornificava tua madre dalla mattina alla sera, che le portava le amanti in casa e lei era sempre sotto psicofarmaci (sono io a dire questo).

Che c'entra, lo saprò io com'era mio padre, no? e ti dico che era un tipo meraviglioso, fuori dalla norma. Era bellissimo, alto, bruno bruno... e le donne gli cadevano ai piedi. Era veramente un tombeur de femmes!

Mio padre anche era alto ma biondo, dice Philippe, e non ci ha mai avvistati, a tutti e tre i figli, nemmeno a mia madre. Era un ragioniere.

Cosa vuol dire che non vi ha avvistati? chiedo.

Era freddo, altero e distante, forse proveniva dal misterioso Atlantide. Il mio psichiatra ha detto che è per questo che io ho rapporti sessuali deludenti, è per questo che mi innamoro sempre di maschi che mi trattano come una pezza da piedi, perché mio padre era arrivato da fuori, capisci?

E te l'ha detto perché ogni tanto te ne vai in giro vestito da donna? ha detto Goli.

Quello no, non me l'ha detto, ma io ho una mia idea.

E allora? Sentiamola.

Perché quando esco da Philippe vado a prendere i gioielli che ho nascosto e mi do alla bella vita.

Oh cristo, ho detto io.

Tu sei completamente fuori, Philippe! fa Goli piena di

tatto. Io non lo so non lo so proprio come hanno fatto a farti uscire da Laval, giuro su dio che non lo so! ha aggiunto.

Bene, ho detto, io voglio uscire, devo andare a camminare sennò scoppio.

Anch'io voglio uscire, ha detto Goli, voglio venire a camminare con te.

Vengo anch'io ragazze, ha detto Philippe.

Ecco, ho detto io.

10

La giornata è passata in fretta, il pomeriggio siamo andate a girare per i negozi. Ho deciso di comprarmi un paio di scarpe nuove. Anche Goli ha deciso che le servono delle scarpe. Le vuole belle, un po' eleganti e resistenti ma ha solo centosessanta franchi. Abbiamo scarpinato per le gallerie Lafayette di Opéra e i magazzini Printemps, questi posti mi mettono un senso di squallore addosso pazzesco. Mi mettono in testa pensieri tristi.

E adesso che ti è preso? ha chiesto la mia amica.

Stavo pensando che siamo talmente incapaci e inadeguati che dobbiamo rifugiarci in un mondo di merci, di vetrine e di stronzate da comprare.

Oh accidenti, non potresti pensare qualcosa di meno squallido?

Io non ho risposto niente.

Lei mi ha guardata ancora e poi ha detto: Le persone hanno sempre usato il materiale intorno a loro per rifornire, migliorare o cancellare il materiale dentro di loro. È così.

Sai che sei una donna intelligente, ho detto io.

E cosa credevi, di esserti tirata in casa l'ultima stronza che c'è in giro, eh? Dai prendiamoci un gelato da Lina's.

Comunque le nostre scarpe non le abbiamo trovate, ho detto.

Chi se ne frega, non pensarci.

Poi andiamo al cinema?

E andiamo al cinema.

Siamo un po' a secco, eh.

Coi soldi vuoi dire? Non pensarci, non pensare nemmeno a quelli.

Poi la notte è successo che mi sono svegliata di colpo, ero tutta sudata, angosciata. Erano quasi le cinque e stavo pensando a Pascal. L'ho cercato nel letto vicino a me, ma lui non c'era, di colpo quella vecchia sensazione è tornata, all'improvviso, e mi è sembrato di impazzire a stare senza di lui. È passato più di un anno ma non posso farci niente proprio niente.

Ho preso il telefono e ho fatto il suo numero. Il telefono ha squillato due tre quattro cinque sei sette volte e nessuno ha risposto. Ho immaginato che stava scopando e aveva staccato la spina. Ho cercato di riaddormentarmi. Niente da fare. Sono andata in cucina, mi sono sentita persa, inutile e abbandonata. Mi è sembrato di impazzire dalla rabbia. Mi sono fatta una tisana e l'ho bevuta, poi ho aperto una birra e mi è venuto da vomitare.

Dopo un po' Goli è apparsa sulla porta della cucina come una zombie, ha detto: Ma che fai?

Io vado. Devo parlargli, non finisce così, se crede che può finire così quello si sbaglia proprio.

OOoooohhhhh! No! Ancora quello!

Pascal, ho detto io.

Ancora Pascal! ha detto lei.

Goli, io esco, vado.

Dove cazzo vai alle sei di mattina.

Vado a casa sua. Deve dirmelo in faccia che non mi vuole più, deve dirmelo in faccia che ama un'altra, io non ci sto.

Oh, ma tu sei più pazza di me, lo sai?

Io non ho risposto niente.

Cristo, quando ti ci metti sei matta da legare, sei veramente fuori, ha detto ancora.

Mi frega un cazzo io vado, ho detto e mi sono infilata i jeans, il berretto da baseball e il giubbotto da aviatore.

Aspetta, vengo con te.

Abbiamo preso il metrò pieno di facce comatose. Io mi sento sveglissima, in formissima, mi sento dentro la voglia di spaccare tutto. Per me l'amore è nitroglicerina pura.

Come mi sento forte, Goli, le ho detto.

Ahi ahi, ha detto lei.

Oddio, penso solo una cosa,

Cosa, ha detto lei mezza addormentata.

Sei ancora rincoglionita, eh?

Ho preso due pillole, forse ne ho prese tre non mi ricordo, mi viene una nausea. Cosa dicevi?

Dicevo che penso una cosa, che mi sono già sentita così, esattamente così un'altra volta.

E quando?

Prima della crisi, prima di entrare a Laval.

Cosa dici?

Quando ho spaccato mezza casa, quando mi sono messa a urlare dalla finestra, ero nuda e gridavo, come mi sentivo bella! Come mi sentivo vera! Sincera!

Ossignore.

In un mondo d'ipocriti, in un mondo di apparenze mi sentivo l'unico essere sincero! Devono smetterla di rapinare il mio entusiasmo!

Quando parli così mi fai paura, ha detto lei.

Che scena che ho fatto! Per la miseria! Se avevo Pascal per le mani lo uccidevo. Ho spaccato mezza casa, mi sono messa alla finestra a urlare, sono usciti quegli stronzi di vicini, almeno nelle loro vite succedeva qualcosa, una volta tanto le loro vite avevano un po' di emozioni,

Cosa gridavi quando sei uscita fuori dalla finestra?

Mica me lo ricordo bene, più o meno quello che mi esce quando sono incazzata,

Accidenti, ti avrei voluto vedere ih ih avrei proprio voluto essere là.

Credo che gridavo sono una stronzaaaa sono la regina degli stronziiii e vi odio tutti mi state sul cazzoooo delle cose così...

Te non so se hanno fatto bene a farti andare via da Laval. Avrai fatto bene tu a uscire da là?

Sì che ho fatto bene. E poi me l'hanno detto loro, a un certo punto hanno trovato che andavo meglio, che non partivo in quarta per ogni cazzata.

Mah, sarà, ha detto lei.

Poi ti devo dire una cosa, a un certo punto mi sono resa conto che volevo tornare indietro, volevo provarci.

Hai fatto bene, dice lei facendo fatica a tenere gli occhi aperti, ma indietro dove scusa?

Come indietro dove, nel mondo delle apparenze, no. Nel mondo degli adattati e degli ipocriti. Faccio una pausa. Degli stronzi come Pascal, aggiungo.

Ma se lo trovi così ipocrita e adattato noi due dove stiamo andando?

È più forte di me. Lui mi ama lo so, ha solo un po' paura, se la fa solo sotto.

Cazzo tu sei più fuori di me lo sai sì.

Ahà.

Goli fa una pausa e poi dice: Io all'inizio quando sono uscita mi trovavo male nel mondo,

A volte non è granché.

Meno male che ti ho incontrata, eh. Te l'ho già detto come mi trovo bene con te?

Sì, dodicimila volte.

Non mi prendere in giro per la mia memoria!

Il dottor Alain, il tipo di Laval, te lo ricordi Alain?

Certo che me lo ricordo,

Un po' il tipo classico dello psichiatra francese alternativo, devo dire, però era proprio in gamba Alain, il primo uomo che mi ha capita!

Davvero?

Ti giuro! il primo e unico uomo in vita mia che mi ha capita. Sì sì, diceva che io avevo le mie ragioni, che è vero che nel mondo le cose vanno così: sei hai un bisogno o un desiderio che non si adatta ai loro scopi prima o poi finiscono per accorgersene e lo usano contro di te.

Loro chi?

I normalizzati. E i normalizzatori.

Ih ih, sembri un romanzo paranoico di fantascienza.

Ah ah ah, faccio io senza divertirmi nemmeno un po'.

Oh, non volevo criticarti, eh, giuro che non volevo.

Va bene.

Mi credi?

Sì che ti credo.

E poi non è bello sentire questo, no?

Che cosa?

La storia dei desideri che appena loro se ne accorgono te li prendono e te li mettono in culo.

Proprio così. Hai fatto una sintesi perfetta. Sei una ragazza in gamba, lo sai?

Sul serio pensi questo di me?

Certo, siamo arrivate, scendi.

Siamo scese a Porte Maillot, il quartiere di quello stronzo. Era ancora buio e abbiamo camminato un pezzo, Goli ha voluto prima fermarsi in un baretto per prendere un paio di caffè, stava in piedi per miracolo.

Alle sei e mezza ho suonato alla porta. Niente. Ho risuonato, ancora niente. Dopodiché mi sono attaccata al campanello. Riiiiiiiiiiiiiiinnnnnnnnn. Ha aperto. Eccolo lì. Il mio ex amore, la mia ex vita.

Ciao vita mia, gli ho detto, ne ho tutto il diritto, porca puttana.

A questo punto quella che si è materializzata dietro di lui nel corridoio dev'essere l'usurpatrice. Ha una sottoveste corta giallo diarrea e è pallida e magra come una che si trova allo stadio terminale di una orribile malattia. Ho proprio sperato che morisse nel giro di poche ore.

L'anoressica ha sgranato gli occhi, io mi sono toccata la visiera del mio berretto da baseball, ho detto: Salve!

Lui era un po' sorpreso ma non troppo, è abituato a me.

Lei ha detto: Oh! chi... Pascal, chi è?

Io ho detto, Amore, che ci fai con questa racchia, manda-la a casa, devo parlarti, ho pensato delle cose. Ho delle cose urgenti da dirti.

La tipa si è appoggiata con la schiena al corridoio, Goli ha messo la testa sulla ringhiera delle scale. Sta morendo dal sonno.

Il mio amato ha detto: Va' a casa, è presto, è troppo presto per andartene in giro.

Dici che devo andare a casa? Devo andare a casa? Ho detto io come un Al Pacino che ha flippato del tutto.

A casa, sì, ha detto ancora il mio amato.

Occhei, occhei ho detto io e sono entrata. Ho detto: È questa la mia casa, lo sai. Manda via l'anoressica.

Forse era la paura forse il freddo del mattino, fatto sta che la magra ha cominciato a tremare.

Goli è entrata anche lei, ha detto, Salut Pascal, ça va?

Lui ha ripetuto come un disco rotto: Vattene a casa. Tornate a casa, tutt'e due.

Amore, non hai capito, questa è casa nostra, sono io che devo stare qui, e è lei che deve tornarsene a casa sua.

Ho dato un'occhiata alle gambe della tipa. Ha due stec-che con le ossa delle ginocchia che spuntano fuori. Ho detto rivolta a Goli: Certo che ce ne vuole per scoparsi una così, eh.

Lei ha detto: Dai, torniamo a casa, sto cadendo dal sonno.

Lui ha detto: Va' a casa, sennò chiamo la polizia, ti riportano al manicomio.

Sei proprio uno stronzo, ho detto io.

Goli ha detto: Be', non hai il diritto di trattarla così, ha avuto un'infanzia schifosa, lo sai o no?

Lui si è messo davanti al chiodo umano come per proteggerla dalle mie vibrazioni violente.

Mi è venuto il voltastomaco, se avevo in mano una pistola li sparavo a tutt'e due.

Lui ha allungato una mano e ha tirato su il telefono. Io chiamo la polizia ha ripetuto.

Goli mi ha portato fuori. È ancora buio e fa sempre freddo. Mentre camminiamo le ho detto: Per questa volta ho deciso di mollarci, ma non finisce qui.

Sì, sì, va bene, ha detto lei.

11.

Me ne sono rimasta rintanata a letto tutto il giorno, e il giorno dopo ancora, con una specie di peso dentro. Non riesco a mangiare non riesco a mandare giù niente. Goli è entrata e uscita di casa duemila volte, mi ha comprato i giornali, i croissant, mi ha dato l'ignatia amara perché il suo amico farmacista le ha detto che è il rimedio omeopatico contro i magoni della vita. Poi mi ha detto: Comunque se vuoi qualcosa di più forte ho sempre la scorta di prozac eh.

Il terzo giorno mi sono alzata e mi sono fatta una maschera di cetrioli per il viso. Mi sono allungata sul divano coi cetrioli piazzati sulla faccia e mi è piaciuta la sensazione di fresco che ho sentito, mi sono immaginata che lavava via le lacrime e tutto il resto. Poi ho portato le lenzuola e gli asciugamani sporchi alla lavanderia a gettoni. Goli era contenta di vedermi in movimento. Ha detto: Adesso devi solo tenere un po' duro, vedrai che fra qualche giorno non ci stai più male. Ha sbattuto una mano sul tavolo e ha detto: Ma io non lo so! Non lo so perché devi perdere il tuo tempo dietro un imbecille del genere. Quello è un nevrotico, è malato, non hai visto come si difende da te? Non hai visto che ha paura di te?

Io non ho risposto, mi sono accesa una sigaretta.

Lei ha detto ancora: Piuttosto, di', perché non ti rimetti a scrivere una sceneggiatura che così facciamo un po' di soldi?

Dai scrivi una cosa tipo ET o una di quelle cazzate sui fantasmi, gli zombie, pensa quanti soldi che potresti farci eh! Anzi no, forse ti viene meglio una di quelle robe sentimentali, ti ricordi Voglia di tenerezza? Ti ricordi la tipa che schianta e Jack Nicholson che lì è proprio in forma? Una cosa del genere secondo me ti può venire.

Scusa ma com'è che ti ricordi un film di vent'anni fa?

Non lo so, non lo so perché mi ricordo certe cose e altre no.

Comunque se fai un po' di soldi ce ne andiamo da qui. Sai dove vorrei andare? In California. Ti piace come idea la California?

Non molto.

Come non molto! Ci sono in media venti gradi, tutto l'anno venti gradi, ti rendi conto?

La sera Goli è andata a una festa di iraniani e ha conosciuto un tipo. Mi ha telefonato, ha detto: Senti mi sa che non torno a dormire stanotte, non ti preoccupare, eh.

La mattina dopo verso le otto ho sentito girare la chiave nella porta. E poi Goli che si stava pisciando dal ridere.

Mi stavo asciugando i capelli, sono uscita dal bagno e sono andata in cucina, ho detto: Allora?

Lei ha continuato a ridere, ha detto: Fffff... non puoi capire che noioso questo Alí!

Alí? ho detto io.

Hai i capelli bagnati? ha chiesto lei.

Sì,

Sei già sveglia? Ti va di parlare?

Più o meno, ho detto.

Più o meno sveglia o che ti va più o meno di parlare?

No, parliamo dai.

Faccio un caffè?

D'accordo.

Bello forte?

Sì.

Vuoi asciugarti prima i capelli?

RACCONTA, porca miseria.

Alí, quello che ho conosciuto alla festa. Mi fa: Andiamo via di qui, voglio portarti al mare, voglio vedere il mare insieme a te Goli. Io ho detto va bene. Siamo andati a Deauville.

Sei andata a Deauville?

Eh te l'ho appena detto, no?

Okay, dico.

Mi ha portata in un albergo. Pensa che mi voleva scopare!

Ma no!

Dai non mi prendere in giro! Ma era così noioso! Sono scappata.

Sei scappata da Deauville?

Sì, mi sono messa a correre, ti giuro che sono uscita dall'albergo di corsa. Sono arrivata alla stazione, però non c'erano più treni per Parigi. Sono stata tutta la notte alla stazione, non c'avevo neanche i soldi per il biglietto. Mi hanno fatto la multa, guarda qui. Tira fuori da una tasca un foglietto giallo e lo butta nella spazzatura.

Cos'è quello? chiedo.

La multa, no.

Non puoi capire quanto era noioso questo Alí!

E perché sei andata a Deauville con lui?

Subito mi piaceva, poi ho cambiato idea. Ma vedessi che uccello che c'ha! Secondo me per lui è impossibile avere una donna fissa perché tutto quell'uccello così grosso non lo puoi prendere sempre sennò poi ti tocca andare in giro con le gambe larghe.

Porca miseria, ho detto io. E tu l'hai lasciato da solo, nell'albergo?

Uf! ha alzato le spalle e ha detto: Ha cominciato a dirmi: Ah cara Goli tu mi piaci molto. Però io ti devo dire che nella vita sono stato bruciato. In che senso, gli ho detto, e lui: Ecco, sono stato bruciato da una donna, nella mia vita c'è stata una donna che mi ha fatto tanto male, che mi ha lasciato dopo un anno che siamo stati insieme. E poi mi chiede: Anche tu sei stata bruciata? Che palle, capisci?

Che gli hai detto?

Ma sì, sì, gli ho detto, mi sono messa a gridare, sì che sono stata bruciata, sono stata ustionata, carbonizzata, di tutto. Guarda a me mi è successo proprio di tutto, è la vita, che ci vuoi fare. Insomma, non c'avevo mica voglia di raccontargli tutti i fatti miei, per esempio di quando ero al terzo mese di gravidanza e Louis mi ha mollata a Los Angeles, è tornato dalla moglie e dai figli e mi ha mollata lì, senza una lira, incinta. Perché? Perché il padre gli ha detto che non gli passava più soldi se non tornava dalla moglie. Capisci? Mica gli potevo raccontare tutti i fatti miei.

Questo è chiaro, ho detto io.

Quello è uno dei motivi per cui ho iniziato la mia discesa, uno dei motivi, eh, non il solo, comunque è lì che ho cominciato a bere, e a fare tante altre stronzate. E questo deficiente di un rappresentante di vini con l'aria condizionata in macchina mi viene a raccontare che è stato bruciato da una donna, non, mais c'est pas possible, mi sono stufata di questi coglioni, guarda.

Fa il rappresentante di vini questo Alí?

Sì, non te l'ho detto?

No.

Be', è così.

Potevi chiedergli qualche bottiglia.

Sai che è un'idea? Quasi quasi adesso gli telefono.

Stavo scherzando, ho detto io.

No, no, guarda che invece è una buona idea,

Hanno bussato alla porta e sono andata a aprire, col mio accappatoio un po' consumato e pieno di bruciature anche lui. Ho aperto e mi sono trovata davanti un uomo alto come me e con i miei stessi occhi.

Ho detto: Chi sei?

Io sono Renato, tu chi sei?

E io sono... Uf, cazzo, che sei venuto a fare, ti avevo detto di non venire, perché sei venuto, io... Non ce l'ho fatta a dire più niente, l'ho mollato lì sulla porta e sono andata a chiudermi nel cesso.

'Azzo che accoglienza! ho sentito che diceva.

Mi si è chiusa la gola, mi sono seduta sul cesso e ho aspettato che mi passava. Ho cercato di respirare. Lui dev'essere rimasto ancora un po' sulla porta. Ho sentito che ha detto: Posso entrare?

Allora sono uscita di scatto ho gridato: Non farmi incazzare, non mi fare incazzare, papà, cosa ti aspetti? COSA VUOI DA ME?

Me', non fare l'isterica, mi fai entrare o no?

Ma porco schifo, ho detto, gli ho girato la schiena e sono andata a ficcarmi nel bagno, ho acceso il phon e mi sono messa a asciugarmi i capelli. Mi piacerebbe che il rumore fosse ancora più forte, un rumore che copre tutto, la mia rabbia, il peso sullo stomaco e le lacrime che cominciano a scendere giù.

Quando sono uscita ho visto lui che si è installato in cucina, si è acceso una sigaretta senza filtro, ha accavallato le gambe e si è messo a fare conversazione con Goli.

Goli muove una mano verso di me e mi fa: Vieni, vieni a sentire, tuo padre è troppo simpatico, è ECCEZIONALE TUO PADRE.

Io non ho detto niente e sono andata nella mia stanza per vestirmi.

Ho cercato di muovermi lentamente, e di farmi venire qualche buona idea. Potrei uscire dalla finestra e poi starmene in giro tutto il giorno, quando torno lui se ne sarà andato e così la storia è chiusa. Tutto finito.

Hanno bussato alla porta della stanza, COSA C'È ho urlato completamente fuori di me.

Sono Goli, posso entrare?

NO.

È entrata lo stesso e fa: Cazzo che reggipetto che hai, nel tuo reggipetto ci potrebbero entrare sei tette delle mie.

Cosa vuoi, va' a parlare con quello stronzo, io non voglio averci niente a che fare, mi avete rotto le palle, tutti e due, andate al diavolo.

Ou guarda che se continui così ti riportano dentro, ih ih ih...

Sai che risate!

Senti, senti un secondo, ascoltami una buona volta, ti dico quello che penso io?

No grazie.

Io dico che visto che tuo padre è venuto fino a qui ha il diritto di parlarti almeno cinque minuti, no?

NO.

Perché no.

Non gliel'ha chiesto nessuno di venire.

Daaaaiii non rompere i coglioni.

Mi guarda mentre mi vesto e fa: No no no, non ti vestire da lesbica per favore.

Che c'è?

Mettiti una bella canottiera, una cosa stretta e aderente che ti valorizza il seno, dai, e poi dei jeans più attillati, che ci devi fare con quei jeans sfondati.

Lasciami perdere, ho detto.

Dai senti a me, mettiti un bel debardeur attillato.

Non ce l'ho, non ho bei debardeur, non ho canottiere scollate e mi vesto come cazzo voglio se non ti dispiace.

Dai non ti vestire da lesbica e non ti vestire da hippy.

Io esco, ciao.

Mi sono messa a scarpinare e a bestemmiare, ho camminato e ho camminato e sono arrivata a Les Halles. Ho preso la scala mobile e mi sono infilata giù nella pancia di Parigi, mi è sembrato che quel posto con tutti i ragazzi africani e arabi che arrivano dalla banlieu, con gli scoppiati e gli ubriaconi allungati vicino alla piscina, con i gruppi di sordomuti che si danno appuntamento vicino al cinema UGC fosse l'ambiente giusto per me. Poi mi è venuta fame e sono entrata da Quick, ho preso una tarte aux pommes e un caffè, ho cercato un tavolo, era pieno di gente, l'unico posto che ho trovato è stretto fra il muro e la porta del cesso. Vicino a me si sono sedute due ragazze africane, mangiano le patatine col ketchup, i cheesburger e bevono la coca. Si raccontano storie, ridono, s'ingozzano, sputacchiano le patatine e continuano a pisciarsi dal ridere. Io ho mangiato la torta e ho bevuto il caffè e me ne sono rimasta lì a fumare. Mi sono sentita completamente isolata, terrona, non vista, non cagata da nessuno, completamente ridicola io e i miei amori fuori dal mondo, io e i miei pianti e le mie paure. Mi piacerebbe essere fatta un po' diversa.

12.

Quando sono tornata a casa la sera non c'era nessuno. Sul tavolo della cucina ho visto un biglietto di Goli, diceva: Per fortuna che sei tornata! Ti ho aspettata tutto il pomeriggio, testa di rapa, e poi sono uscita con un amico di Alí. Ti ho già raccontato di Alí? Poi ti racconto.

Il mattino dopo c'è parecchio movimento per casa. Goli sta preparando la colazione per le due nipotine che sono venute a trovarla. Mette a scaldare il latte, tira fuori i biscotti e allo stesso tempo urla che devono entrare nella vasca da bagno. La più piccola non vuole lavarsi, dice: Zia Goli non lo voglio fare il bagno, mi fa proprio schifo farmi il bagno.

Goli dice: Ma cosa sei, sei una bambina o sei un maiale? Il bagno lo dovete fare, sennò vostra madre mi spacca la faccia se non ve lo faccio fare.

Il patto è stato che le due si spogliano e s'infilano nella vasca solo se lo fa anche la zia.

Ma io mi sono già lavata, ha detto Goli, non sono mica un maiale come voi.

Fa niente, hanno detto le piccole rompipalle.

Allora Goli ha detto: Va bene, faccio il bagno insieme a voi.

Ha chiuso la porta e ho sentito la più piccola che urlava: Quanti peli quanti peli ha zia Goli!

Goli le ha risposto: Perché la tua maman non ce li ha i peli?

No, maman se li rade tutti i peli, ha detto la più grande. E anche le amiche di maman se li radono, ha aggiunto.

Goli ha risposto: Perché sono musulmane.

Dalla cucina le ho sentite continuare a fare casino dentro la vasca, urlavano ridevano e dicevano: Noooooo aiuto-tooooooooo... mi scappa la pipì... si spanciavano dal ridere come tre pazze. La piccola ha continuato a dire tipo ritornello: Zia Goli è una scimmia pelosa!

Goli ha detto: Adesso vi affogo nella vasca se non state buone.

Quando è arrivata in cucina le ho chiesto com'è andata la sua serata.

Guarda che lui mi piaceva tantissimo! è un po' stronzo, con quell'aria da cattivo esattamente come piace a me. A un certo punto mi fa: Tu sei sposata? Io: No no. Lui: Fidanzata? No. Hai qualcuno? E io: No, sono una donna libera. Lui dice: Oh e come mai una donna meravigliosa come te non sta con nessuno? Allora io gli ho detto: Senti, tanto qualunque cosa posso raccontarti sarebbe una stronzata, e a me non mi va di raccontare palle. Quindi non raccontiamoci niente, eh?

Gli hai detto così?

E cosa dovevo dirgli? Poi sai dove mi ha portato? In un club di partouze a Champs Elysées.

Ma dai!

Sì sì, lui ha detto giusto per dare un'occhiata, ha detto se ti va partecipiamo sennò no. Io ho detto senti non te lo chiederei proprio ma dato che a quest'ora non c'è più il metrò mi dovresti dare dei soldi per il taxi. E lui, Oh no, scusa scusa io non pensavo di offenderti, non pensavo giuro... Io gli ho detto, Ma non sono offesa, solo che non mi frega niente di quello che mi proponi. Lui voleva riaccompagnarmi a tutti i costi e io gli ho detto: Dammi solo cento franchi e non preoccuparti per me. Bye bye.

Ah che storia, dico io, ma è possibile che li incontri tutti tu?

Cosa vuol dire li incontro tutti io! Guarda che il mondo è pieno di fulminati. Svegliati tesoro...

Sto per tirare giù un uovo alla coque quando bussano alla porta. Vado a aprire. È di nuovo lui. Con un mazzo di rose rosse in mano, mi dice: Stella, ti porto al ristorante, dimmi un ristorante dove vuoi andare che ti ci porto.

Va' al diavolo gli ho detto io.

13.

Gli ho girato le spalle ma ho lasciato la porta aperta. Oh Renato entra, ha detto Goli.

Lui si è installato al tavolo della cucina e a me mi è passata la fame.

Con quest'uomo mi succede una cosa strana. Che mi basta averlo davanti per un secondo e dentro di me qualcosa comincia a andare storto, mi sento tutta sottosopra, mi viene la voglia di spaccare tutto. Così dico: Senti io sto uscendo, vado di fretta, ho un impegno di lavoro, potresti andartene?

Lui fa: Eh il lavoro! è estate! c'è tempo per il lavoro. Vedi che bella giornata che è oggi!

Io rimango a guardarlo con gli occhi spalancati, la bocca aperta. Quest'uomo è sparito per diciassette anni, non sapevamo nemmeno se era vivo o morto. E adesso è piombato qui come se niente fosse. Giuro che lo odio, è l'essere che odio di più sulla terra.

Me ne resto zitta, le ragazzine ogni tanto arrivano in cucina, entrano e escono, vengono a chiedere qualcosa a Goli. Lei dice: Andate a giocare in camera mia, non rompete adesso.

Lui attacca a parlare con la mia amica, tira fuori una conversazione sulla Francia, i francesi, il viaggio, fa finta che la situazione è sotto controllo, che tutto va bene e che questa scenetta che stiamo vivendo è la cosa più normale del mondo. Ora che ci penso ha sempre cercato di farsi passare per uno normale. Non l'ha mai data a bere a nessuno comunque.

Ha detto: Ah, aspettate un po', c'ho una cosa che ho lasciato fuori dalla porta. Si alza, esce, rientra con una specie di valigia tutta malmessa. C'è un adesivo rosso e giallo, con due palme e una ragazza con gli occhi a mandorla e una ghirlanda di fiori appesa al collo. C'è scritto: Welcome to Honolulu, Hotel Continental.

Goli lo guarda e dice: Honolulu? Sei stato lì?

Lui sporge un po' in fuori le labbra come se quella fosse la valigia di un altro.

Dice: Eh.

Cristo, ci giurerei che sta morendo dalla voglia di spararne delle sue.

Dice: Sì, so' stato alle Hawaii, e pure in Messico, in Brasile e a Cuba, mi so' fatto un cazzo di giro del mondo! Mi guarda e si aspetta che gli domando qualcosa. Io gli giro la schiena e prendo a trafficare con i bicchieri sporchi nel lavandino.

Dice: Uè signorine, vi dispiace se vado al gabinetto? Mi è scoppiato un cazzo di mal di pancia!

Lo ucciderei.

Mentre che lui è di là Goli fa: Be', è proprio una sagoma tuo padre! Ma come mai ha girato tutti quei posti?

Io ho detto: Guarda ci giurerei che quell'adesivo gli è già servito per raccontare palle a qualche povero cristo che gli è capitato a tiro. Vuoi sapere una cosa? Fra i pochi ricordi che ho di lui questo è assolutamente chiaro, tutte le palle che si è sempre inventato. È incredibile quante storie s'inventa.

Tipo?

Ma che ne so, viaggi che non ha mai fatto, incontri con

cantanti, attori... raccontava di aver conosciuto questo e quello... che gli avevano detto chissà cosa,

Magari forse era vero! fa lei.

See come no.

Be', prendi me, nessuno ci crederebbe mai che ero amica di Dodi Halfaied.

Tu eri amica di Dodi?

Sì. L'ho conosciuto a un party di un amico marocchino, sai quello con cui avevo avuto una storia, Hassan. Con Dodi eravamo diventati amici, mi telefonava sempre. Lo sai che ogni anno vado sempre a pregare per lui e anche per Diana Spencer all'anniversario della loro morte? Sì sì giuro, eppure nessuno ci crederebbe vedendomi, giusto?

Giusto. Senti, ma dove vai a pregare?

Be', secondo dove sento, a volte prego in una chiesa, a volte prego come i musulmani, mio padre era musulmano, mia madre cattolica e io sono molto attirata dal buddismo. Così ho una bella scelta, non ti pare?

Eh.

Ti dico una cosa, perché uno deve scegliere? O Gesù Cristo o Budda o che ne so, è come uno che gli piace la pastasciutta e allora lo costringono a mangiare tutti i giorni lo stesso piatto di pasta, ti pare? A me piace un giorno la carne, uno la pasta, uno il pesce, uno il digiuno... mi segui?

Come no.

E che altro faceva tuo padre oltre a raccontare palle?

Ah non lo so. Ah sì, faceva i sogni premonitori. I morti della sua famiglia che gli apparivano in sogno e gli parlavano.

Che bello! Io lo trovo assolutamente fantastico!

Sì fantastico. Mi ricordo che per un sacco di tempo ha sostenuto che avevamo fatto un viaggio in Inghilterra. Io mi sforzavo di ricordare la cazzo di vacanza in Inghilterra ma per quanto mi sforzavo niente, non mi veniva nemmeno un mezzo ricordo. Sei sicuro che siamo andati in Inghilterra? gli dicevo, Come no, a Londra, sul serio. E allora perché io non me lo ricordo? Eh... forse perché eri distratta, diceva lui. Giuro.

O forse ci siete stati in una vita precendente, dice Goli.

Forse.

È uscito dal bagno e è venuto a sedersi in cucina. Io mi sono messa a tirare via con la spugnetta le briciole di pane e le altre schifezze attaccate alla tovaglia di plastica.

Dice: Be', e mo' che succede?

Lo guardo con tutto il gelo che posso, lui ficca un po' la testa dentro le spalle, poi si risponde da solo, dice: Ma niente... ora ci avevo voglia di un po' di swing, di fare un po' di casino... sai stella, la vita è breve!

Un po' di swing! fa Goli.

Pian piano comincio a ricordarmi il suo linguaggio, mi sembrava di avere dimenticato quasi tutto di lui, come se fosse morto, invece da qualche parte nella mia testa dev'esserci rimasto annotato tutto.

Dice: E che, un caffè non me lo fate? Mi sono dovuto bere quella ciofeca al bar. 'Sti cafoni di francesi fanno un caffè che glielo volevo sputare in faccia.

Va bene, ti faccio il caffè, dico.

No no, faccio io, dice Goli piena di entusiasmo.

Lui le dà un'occhiata al culo, poi mi guarda, poi perlustra un po' la cucina, mi guarda ancora e fa: Eh, sai che ti sei fatta grande.

Mi parla come se avessi quindici anni. Io non rispondo niente.

Ma quanto tempo che...

Io sto zitta, lui insiste: Quanto cazzo di tempo che...

Io faccio una smorfia di disgusto con la bocca, dico: Diciassette anni.

Si schiarisce la voce, guarda ancora in giro. Poi si alza di scatto e fa: Sai che ti dico? quasi quasi sarebbe meglio un bicchiere di swing al posto del caffè.

Io: ?

Lui: Un bicchiere di vino buono, no!

Io: Cominci presto.

Perché no, dai! fa Goli, faglielo bere se gli va, no?

Fate pure, a me mi viene da vomitare.

Non sarai incinta, fa la mia amica.

Il genitore si gira di scatto verso di me, Goli dice: Oh, ecco c'è rimasto un po' di Côtes du Rhône che ha portato quell'imbecille dell'altra sera, mica un granché, è proprio un tirchio quello, sia per i soldi che per i sentimenti.

Io ho detto: Io non bevo a quest'ora.

Tu non bevi io sì, fa lui.

Che faccio? ce n'è rimasto poco, che faccio? ha detto Goli, e è rimasta a guardare la bottiglia mezza vuota con disprezzo, come se quella bottiglia contenesse la testa del suo tipo. A questo punto l'ha richiusa nel frigo e ha detto: No, non lo beviamo questo vino.

Mio padre si è guardato intorno con un'aria sperduta, ha aspettato qualche secondo e poi si è lanciato verso il frigorifero. Ha tirato fuori la bottiglia dal frigo e l'ha scolata lì in piedi come un disperato.

Io ho detto: Sei arrivato qui per offrirmi ancora questo magnifico spettacolo di te stesso?

Ma che stai a dire? ha detto lui con una brutta faccia.

Quello che ho detto, se sei venuto per ricordarmi quanto sei stronzo potevi anche risparmiarti il viaggio.

Ma vaffanculo! ha detto lui.

Io ho sentito una specie di bomba atomica che dai piedi mi è partita verso la testa, si è fermata qualche secondo nella gola e quando è uscita mi sono ritrovata a urlare: COME TI PERMETTI! TU NON PUOI PARLARMI COSÌ VATTE-

NE VIA, SPARISCI, NON VOGLIO MAI PIÙ VEDERTI SE MI STAI ANCORA TRA I PIEDI TI AMMAZZO GIURO DAVANTI A DIOO TI AMMAZZOOOO...

Poi per completare l'opera ho preso un piatto di ceramica che stava appoggiato sul frigo e l'ho sbattuto contro il muro. Aveva dentro delle chiavi e dei cracker, era un piatto che Goli aveva comprato alle pulci di Clignancourt i primi tempi che abitavamo insieme. Era un bel piatto con dei disegni africani ma ormai è troppo tardi per rimpiangerlo.

Avrei continuato a distruggere tutta la casa. Ma Goli mi ha preso un braccio e ha detto: Calmati, ci sono le mie nipotine di là, aveva gli occhi lucidi e ho sentito che tremava. Mi sono fermata per lei. Mi è venuta voglia di piangere ma non l'ho fatto. L'ho guardato, perché non è il tipo da rimanere con le mani in mano in questi casi. Ho pensato che potrebbe spaccare qualcosa anche lui, ho immaginato che prendeva la caffettiera e la faceva volare sul muro della cucina, per esempio.

Si è messo a sedere, con la schiena un po' gobba. Ha l'aria distrutta, di colpo sembra vecchio. E io non sopporto di vederlo così, preferirei vedere il padre che conoscevo, quello che mi ricordavo, il bastardo, lo stronzo, l'ubriacone. Qualunque cosa ma non questo vecchio impaurito, porca puttana.

Poi si è alzato e è andato verso la porta d'ingresso. L'ha aperta, e io non so perché gli ho detto: Se adesso provi a andartene ti ammazzo.

Gesù, sei completamente fuori, ho sentito che diceva la mia amica.

Tu fatti i cazzi tuoi, ho risposto io in uno stile che andava molto bene con l'atmosfera che si è creata.

Lui è tornato in cucina, si è versato l'ultima goccia di rosso rimasta in quella cazzo di bottiglia, con la mano che trema.

Senza guardarmi ha detto: E che cazzo, mica ti volevo offendere, stella. Tu lo sai come so' fatto. Dai fatti un bicchiere.

Va' al diavolo, gli ho detto, e sono andata a buttarmi sul letto. C'era la radio accesa, l'ho spenta subito, mi è diventata insopportabile questa lingua francese, mi è diventata insopportabile la mia vita e la mia casa e la mia amica e anche io mi sono trovata disgustosa e assurda mi è sembrato che tutto questo fosse un'enorme cazzata, uno scherzo della natura, sul serio.

Poi sono tornata ancora una volta da lui, ho detto: Pensavi mica di cavartela così, eh? Lui non mi ha risposto.

Io ho detto ancora: Non voglio mai più vederti papà. Quando hai finito il tuo bicchiere esci di qui e non tornare mai più.

14

Mentre torniamo dalla spesa al Monoprix con Goli ci fermiamo a bere un caffè al Liberté. Lei è un po' rintronata, dice: Stanotte non riuscivo a addormentarmi, mi avete scosso i nervi con le vostre scene, tu e tuo padre. Mi avete proprio scosso i nervi.

Mi dispiace, ho detto.

Fa niente, sono cose che capitano, sai chi viene a trovarmi oggi?

No.

Una tipa che era con me in ospedale, quando ero in coma.

La maggior parte degli amici di Goli è gente che ha conosciuto in ospedale, o in manicomio, o in qualche gruppo di alcolisti anonimi, drogati anonimi e cose del genere.

Dice: Sai mia madre aveva pregato per me quando ero in coma e anche per lei, per questa Marguerite, che allora era una donna di quarant'anni e aveva tre figli, così mia madre che secondo me è una santa pregava per tutt'e due, è andata a Lourdes. E noi ci siamo salvate.

Ho capito.

Te l'ho raccontato vero di quando sono uscita dal coma che mi sono svegliata col lenzuolo addosso, avevo solo il lenzuolo e mi sono alzata, vado davanti all'infermiera era di notte e quella si è messa a urlare, mi ha visto venire avanti col lenzuolo e urlava aaaaahhhh le fantôme il y a un fantôoo-meeee...

Oh gesù dico io. Goli, sai che tu hai una collezione di storie dell'orrore proprio niente male, eh.

Eh lo so. Dio che vita dura che ho avuto, se ci penso! Forse non dovrei raccontarti queste cose, perché tanti amici io li ho persi dopo le mie sfortune.

È per questo che vedi quasi solo dei disgraziati, allora?

E certo che è per questo, per cos'altro sennò. Quando sei andata a fondo puoi parlare solo con gente che è andata a fondo, no? Sennò come fai, è come se sei stata a Auschwitz e poi torni e cosa fai? parli di cosa? Io all'inizio mi stupivo che i miei vecchi amici non mi volevano più vedere... poi ho capito perché.

Sei veramente forte Goli, sai.

Sì, sì, lo so.

Mi viene solo un dubbio: anch'io allora sono compresa fra quest'umanità disgraziata che ti piace?

Be' certo.

Ah, grazie.

Non ti offendere adesso, dai, tanto lo vedi da te che non sei una normale, no? Lo sai da te che sei una bella sbandata, lo sai.

Hum, faccio io.

E poi non stai scrivendo, potresti almeno scriverla quella storia per il film, la storia di Laval.

Cambiamo argomento, guarda.

Stiamo un po' zitte sui nostri caffè e poi io dico: Mio padre che fine ha fatto ieri?

È andato via quasi subito, dopo che l'hai trattato così male. Oh, sai che ti dico, in fondo secondo me tuo padre non è il mostro che pensi tu. È uno che deve avere avuto una vita dura, si vede subito. Quanto mi piacciono le persone che hanno avuto una vita dura! Ci capiamo subito al volo con queste persone!

Dico: Mio padre aveva undici fratelli, era l'ultimo. Sua madre mi ricordo una cosa, diceva che aveva avuto undici figli e undici aborti.

Eh erano altre donne, un'altra tempra di donne.

Goli, te l'ho detto che mia nonna era zingara?

Zingara?

Sì, la sua gente arrivava dalla Romania, mio nonno invece era un carabiniere,

Non ci posso credere!

Non me l'hanno mai raccontata bene questa storia, non ho mai capito com'è andata, so che mia nonna si è innamorata del carabiniere meridionale, aveva sedici anni, e la sua famiglia l'ha lasciata perdere, devono averla scacciata via, o una cosa del genere...

Vuoi dire che è scappata con lui, che aveva sedici anni e è scappata via con lui?

So che facevano la fame di brutto quando mio padre era piccolo, e che c'era la guerra,

E che altro sai?

So che mia nonna doveva nascondere le sue origini e che quando molti anni dopo ha cercato la sua famiglia non ha trovato tracce. Molto tempo dopo, quando mio padre aveva già sposato mia madre, aveva saputo che erano finiti in un campo di sterminio.

Goli è rimasta in silenzio a guardare il passaggio delle auto sulla strada.

Io ho detto: Rientriamo?

Quando siamo arrivate c'era il telefono che stava suonando, Goli ha detto: Rispondi tu per favore, se è Mathieu io non ci sono. Anche se è Alí non ci sono.

Io ho risposto e una voce ha detto: Buongiorno signorinella pallida.

Io ho detto ciao, secca secca.

Allora? Ti è passata?

Non ricominciamo.

Senti ti invito a pranzo fuori pensa un po' che sforzo che fa papà! (ride)

Non ho fame, dico io, anzi ho la nausea.

Mo' è mezzogiorno, ti passo a prendere a mezzogiorno e mezzo. Puntuale, mi raccomando! Vabbuo'? Ti porto fuori a pranzo stella. Così parliamo un po'.

Io non voglio sapere niente. Non mi interessa sapere niente.

Mezzogiorno e mezzo puntuale, dice ancora lui.

All'una e mezza ancora non è arrivato. Ti sta venendo fame, eh? fa Goli.

Alle due e un quarto hanno suonato alla porta e io sono andata a aprire, lui è entrato, tranquillo tranquillo, si è seduto in cucina, si è acceso una sigaretta, ha detto: Oh, tutto orrait?

Ho detto: Non dovevi arrivare a mezzogiorno e mezzo?

Eh, ho fatto un po' tardi...

Dico: Andiamo a mangiare?

Che, già vuoi uscire? e non ci facciamo neanche un bicchierino di swing?

No, ho fame, è tardi, avevi detto che arrivavi a mezzogiorno e mezzo, sto cominciando a diventare nervosa.

Ommaronna e andiamo, andiamo! Questa è tutto punto e virgola. Come faccio a avere una figlia così precisa?

Poi si gira verso Goli che sta ridendo, dice: Bella vieni con noi?

No, no, mi devo preparare, alle quattro ho l'appuntamento con la mia psichiatra.

Lui: Ppfff quante palle che ci avete in testa voi giovani generazioni!

Io: Andiamo al cinesino qua sotto, va bene?

Lui: Il cinesino!? E che mi devo mangiare, le cavallette?

Io: Oh porca miseria.

Lui: Vabbuo' scherzavo, dai.

Goli dice: Renato ma la notte dove dormi?

Eh, Loli, è una storia lunga!

Non si chiama Loli, si chiama Goli.

E come ho detto io?

Tu hai detto Loli.

No, no, ho detto giusto, è vero Dori?

Goli si piscia sotto dal ridere, io cerco di estirparlo dalla cucina e spingerlo verso la porta.

Prima di uscire si dà una sguardata nello specchio dell'ingresso, si aggiusta un po' i capelli e fa un paio di smorfie da duro. Dice: Vado bene, piccola?

Mi viene in mente che una volta qualcuno gli aveva detto che somigliava a Jean-Paul Belmondo e da quel giorno non riusciva a fermarlo più nessuno. Giuro che mio padre è matto da legare.

ANDIAMO, ho detto quasi gridando.

Mentre lo spingo fuori sento sotto le mani la sua schiena ossuta. È molto strana la varietà di cose che uno può sentire dentro. Perché quello che sto provando è un miscuglio fra l'istinto di proteggerlo e volergli bene e la voglia di buttarlo giù dalle scale.

Mentre scendiamo fischietta qualcosa, si aggiusta la camicia sui pantaloni e poi si mette a cantare: Per un bacio piccolissimoo-ooo...

Io dico: Guarda che da queste parti non canta nessuno.

Perché questi so' beduini. L'ho capito subito che non sanno vivere 'sti beduini.

Quando usciamo dal portone incrociamo madame Lesage, la mia vicina di casa. È una tipa tutta raggrinzita. Ha smesso di salutarci dopo una festa di compleanno che abbiamo fatto. C'era Philippe vestito da donna, con le piume di struzzo, il rossetto e la parrucca blu elettrico. Da quel giorno non ci ha più salutate. Oggi è vestita tutta di rosa e ha il suo cagnetto al guinzaglio. Mi guarda storto come sempre.

Mio padre dice: Bonjour madame! e lei non risponde e tira dritta. Lui fa: Pussa via vecchia befana!

Quando ero bambina il più grande desiderio che avevo al mondo era quello di avere un padre normale. Una persona seria, non uno che perdeva sempre il lavoro. Un padre di cui non dovermi vergognare. Oggi per la prima volta mi è piaciuto avere questo padre.

15

Davanti al ristorante lui legge l'insegna in francese, fa: La pace celeste, non è vero che vuol dire la pace celeste?

Io dico: Sì.

Ah andiamo proprio bene, fa lui. Quando entriamo si guarda in giro, cerca di aver l'aria di qualcuno sicuro di sé, tipo un boss della camorra.

Dico: È la prima volta che mangi cinese?

Ma che la prima volta, zh. Mi domando come cavolo fai a spararle così grosse! ma lo sai o no che ho girato mezzo mondo io?

Quando ci sediamo tengo il menu chiuso e dico: E di solito cosa prendi?

Eh, vabbuo'... mica ci sono mai venuto qua, a questa pace celeste... (ride un po' intimidito)

Sì, va bene, ma tutti i cinesi hanno le stesse cose, dovunque vai hanno gli stessi piatti.

Lui sporge un po' le labbra in fuori, poi tira in dentro le guance, mi prende il menu dalle mani, dice: Me', sta' a fare tante storie!

Se lo rigira tra le mani e dopo averlo studiato un po' non sa che pesci pigliare, fa: Allora, ti sei decisa, oh ma sai che sei proprio lunga!

Dico: Vedi, devi raccontare sempre palle, perché non dici le cose come stanno?

E che dovrei dire?

Che ne so, per esempio che non ti piace la cucina cinese. Non c'è niente di male. Invece devi sempre inventarti qualcosa che non esiste.

Ma che stai a dire!

Vabbè, io prendo la soupe di ravioli coi gamberetti, e i nems.

Sì sì vabbè, pure io, è tutta roba che piace pure a me.

Sì. E il pollo con gli anacardi, ti piace?

Fai tu che va bene.

E le verdure saltate.

Quando arriva la cameriera cinese avvolta in uno stretto abito rosso mio padre le dà una sguardata da vero seduttore latino del cazzo. Dice: Che bella ragazza, ha proprio stile eh, pare madama Butterfly.

Io sto zitta. Lui continua a guardare ammirato le altre ragazze che servono ai tavoli: Ma vedi che belle signorine che ci stanno in questo locale, dobbiamo venirci sempre qua. Uè, e pure per la strada stamattina! ho visto un paio di sventole... mamma mia! Guarda a quella che bel culone che tiene.

Io resto seduta a fissare la tovaglia bianca pregando che tutto questo finisca il più presto possibile.

Lui continua a lumarsi le ragazze, le donne, qualunque essere femminile a portata d'occhio. Le sta passando al setaccio.

Dico: Senti come cavolo hai fatto a trovarmi?

Come ho fatto? Me l'ha dato tua madre il tuo numero di telefono.

E lei? Come hai fatto a ritrovarla?

Eh, niente sfugge al detective Reian.

Quando ero bambina per un periodo lui aveva fatto il detective privato, giuro. Aveva conosciuto un tipo, un ex maresciallo dei carabinieri che era stato mandato via perché scoperto con le mani nel sacco, si faceva con la droga sequestrata, rivendeva le sigarette prese ai contrabbandieri, questo genere di cose. L'ex maresciallo aveva aperto un'agenzia investigativa. Quando si erano conosciuti con mio padre avevano pensato di essere fatti l'uno per l'altro e si erano messi in società.

Quello era proprio un bel lavoro! fa lui. Libero e senza padroni, senza dover dire signorsì e signornò, affanculo a tutti!

Ho capito, faccio io.

Ce ne andavamo io e Peppino tutto il giorno a spiare le zoccole, tutte quelle mogli racchie dei cornuti coi soldi! Io pedinavo le racchie e le facevo incastrare!

È disgustoso, dico.

Ma che disgustoso, quello era proprio un bel lavoro, peccato che non è durato. A Peppino gli hanno distrutto l'ufficio, gli hanno fatto un culo così! Era pieno di debiti. Eh! ora basta con la nostalgia, Renato! E il vino, quando cazzo arriva il vino.

Veramente io ho chiesto birra cinese.

Birra cinese? ma che me ne devo fare della pisciata cinese, io voglio il vino. Si gira verso la cameriera, fa: Signorì!

Cristo non la chiamare signorì!

Ommadonna quanti complessi che ti fai, perché, secondo te non capisce se la chiamo così? Ecco, vedi che sta arrivando.

Me lo porti un po' di swing, bellezza?

La cameriera sorride a tutt'andare e scuote la testa come una gallinella cinese tutta felice.

Quando arrivano i nems gli faccio vedere come li deve preparare. Dico: Questi li devi arrotolare prima dentro la foglia di menta, poi dentro la foglia di lattuga e poi li passi nella salsa di soia. Lui esegue e dopo avere assaggiato si mette a ridere, dice: Stella, questi non sanno di un cazzo.

Poi attacca la soupe di ravioli coi gamberetti. Succhia il brodo, fa rumore, tira giù i gamberi, il pollo e le verdure, finiamo la bottiglia di rosso e ne chiede un'altra.

Io prendo il gelato fritto, lui ne assaggia un po', prima fa una smorfia di disgusto e poi piano piano me ne frega più della metà. Spazzola via tutto con avidità, come se fosse l'ultimo pasto della sua vita, ci si butta dentro e ogni tanto fa: Mh, bbuuono bbuono... cazzo è proprio bbuono... hai visto 'sti cavolo di cinesi, sanno fa', eh.

Dice: Quando ero bambino e ci stava la guerra un giorno io e i miei fratelli avevamo trovato una scatola, sai di quelle scatole di latta che davano i soldati americani. Mio fratello Mario ha aperto la scatola e gli stavamo tutti intorno, non sapevamo che cos'era, sulla scatola non c'era scritto niente. La apriamo, c'era una cosa rosa, c'avevamo una fame che ci saremmo mangiati pure il coperchio, però tenevamo paura. Zio Lillino era morto di colera, aveva mangiato qualcosa che gli aveva fatto male, no. Così tenevamo paura. Allora mi dicono provalo tu Renato, perché io ero il più piccolo e mi toccava sempre obbedire, quante botte mi so' preso da Mario e Vittorio! se me lo ricordo! Comunque, Renato prova tu, e io allora provo, tanto se non prendevo il colera prendevo le botte, e poi ci avevo una fame che mi sarei mangiato pure un cane vivo. Provo. Squisito, aveva un gusto proprio buono, anche se non sapevo che era. Allora continuo a mangiare, mangio e mangio. E quelli mi guardavano e dicevano: Me', e allora? smetti di mangiare, e dicci che cos'è. Io: Mah... non capisco... E loro: Ma è buono o no? Io: Proprio buono no... forse sa un po' di avariato... (fa una pausa e si guarda intorno).

Allora? continua, gli dico io.

Allora mangia e mangia e mangia mi so' fatto fuori tutta la scatola, guarda che era grossa, sarà stata mezzo chilo. Mi dovevo tenere la pancia con le mani. Ce n'ho lasciato proprio un pezzettino, poco poco, non ce la facevo proprio più. Mario fa: Sei sicuro che non era buono? E io: No, che buono. Lui allora prende e prova, dice: Ma questo è roastbeef! E pure di qualità! Madonna mia quante botte che mi hanno dato! Mi hanno fatto nero nero, ma io tanto c'avevo la pancia piena, che me ne fregava non sentivo neanche le botte tanto ero felice.

Quando siamo usciti fuori sono le cinque passate, mi gira un po' la testa. Il caldo e il pranzo mi hanno fatto venire sonno. Lui ha alzato la testa e si è messo a guardare il cielo. Ha incominciato a cantare: Strenger in de nait... dudu bidu dudu strenger in de nait...

16.

La sera ho telefonato a Pascal. Mi ha risposto subito, dopo un solo squillo. Ciao, gli ho detto, ci vediamo domani? ti aspetto al caffè Liberté, alle sei. Io ti aspetto.

Non ci sarò, ha detto lui.

Io sì, io ci sarò, sono lì a aspettarti.

Lui ha messo giù. E io ho scacciato subito un pensiero che mi è venuto in testa. È un pensiero fastidioso, stupido, che mi dice di lasciar perdere, di essere ragionevole, che così è la vita. L'ho scacciato questo stronzo di pensiero. Non posso nemmeno pensarci che non mi vuole più vedere, non posso pensarci che non sente per me quello che sento io.

Mi sono affacciata alla finestra, è venuto fresco di colpo. Un vento che porta tempesta. Mi piace sentire il vento sulla faccia, mi fa sentire viva, mi fa sentire come se la vita potesse ricominciare pulita e rinnovata, anche per una come me. È una fantasia ma non è male avere delle fantasie.

Sono arrivata alle sei meno venti anche se lui arriva sempre in ritardo. Sono arrivata in anticipo, e non me ne frega niente, non ci ho mica voglia di mettermi a fare certi calcoli. Mi sono piazzata a un tavolino di fronte alla porta, forse mi sta venendo la febbre, o magari è solo che sono tesa e ho paura. Be', lo so che non ci sono troppe possibilità di vederlo comparire quella testa di cavolo, però è la prima volta da un sacco di mesi che mi sento quasi vicina a lui. Mi fa un po' schifo vedere il tipo di pensieri e desideri che produce la mia testa. Voglio dire non è che posso andare troppo fiera di queste cose, però è così e è inutile che ci metto sopra la cipria.

Non ce la faccio a non pensare di vederlo arrivare, di vedere di nuovo la sua faccia, il suo corpo e i suoi vestiti. Mi dico di stare calma, me lo dico come se parlassi a una bambina deficiente e fuori di testa, mi dico che tanto non succederà e il risultato è che starò ancora più di merda. Tanto l'unica cosa che può succedere è che rimani piantata qui come una scema, che rimani a guardare le persone che entrano nel bar, comprano le sigarette, si siedono ai tavoli e bevono una birra.

La gente continua a arrivare e a me mi prende un odio per tutti, mi sembrano brutti e indifferenti. Aspettare il mio ex è come aspettare che succede un miracolo, mi rende confusa e pericolosa.

Così quando alle sei e mezza lo vedo arrivare mi dico che dev'essere un'allucinazione. È incredibile che quest'uomo ha attraversato la strada, è entrato da quella porta passando in mezzo al gruppo di persone sballate e senza allure che stazionano nel caffè.

Quando mi si è seduto di fronte gli avrei tirato un pugno in faccia, invece gli ho preso le mani e le ho tenute nelle mie, sono calde. Non ho mai amato nessuno così.

Lui ha detto: Cosa prendi? lo prendi un altro caffè?

Io ho detto di sì.

Ha detto: Io mangio qualcosa, ho una fame.

Hai lavorato oggi? ho chiesto io.

Come sempre, ha detto.

Lavori sempre tanto, eh?

Sì, ha detto lui.

Ha ordinato un sandwich e mi ha detto se lo volevo anch'io, io ho detto di sì. Si è fatto portare un bicchiere di vino e si è messo a mangiare, a bere, fumare, io non posso mangiare davanti a lui, non ce la faccio. Posso solo fare finta di restare calma, perché lo so che se mi lascio andare lo perdo ancora una volta. Non posso mangiare e non posso bere, non posso accendermi nemmeno una sigaretta perché mi tremano le mani porco schifo. Però vista da fuori sono calma, giuro, sono come un guru indiano.

Lui fa: Vieni sempre qui, eh? ti piace proprio.

Oh sì, dico io.

E come stai? dice. Lo chiede come un dottore a un malato grave. Però c'è anche un po' di affetto, giuro che non me lo sto inventando. Ma a pensarci bene che me ne faccio dell'affetto io voglio l'amore e i baci e fare tre figli con lui.

Continuiamo a chiacchierare del più e del meno, molto urbanamente, molto civilmente, lui dice che mi trova bene, io dico che in effetti non sto male. Mi chiede se sto lavorando e io mi invento un paio di cose per non fare la sfigata.

Gli chiedo se mi ha pensato qualche volta, e lui mi dice di sì. Però non mi hai telefonato mai. No, non ti ho telefonato. E perché? Nessuna risposta. Allora non so perché mi è venuta voglia di raccontargli il sogno di stanotte, ci sono io che vado in cantina, nella mia cantina, e ci trovo dentro una matta, quando la vedo la abbraccio, e la guardo. Ma che matta mi dico nel sogno, non è matta per niente questa qui, tutto quello che le ci vorrebbe è un po' d'amore, che cazzo, questa ha solo bisogno d'amore.

Lui resta qualche secondo senza masticare, ha l'aria di chi sta per farselo andare di traverso il panino. Poi dice: Tu hai bisogno di cinquanta psichiatri.

Io ho detto grazie, per dirmi queste cose così banali potevi anche evitare di venire.

L'ho fatto per te, ha detto lui.

Io ho detto okay. Anche se adesso ho dentro una rabbia e

una delusione totale, anche se mi sento ferita e umiliata non mi muovo. Non piango, non spacco niente, non bestemmio, non lo insulto.

Quando siamo usciti l'ho accompagnato alla fermata del metrò, e ci siamo baciati. Voglio dire, io gli ho dato un bacio sulla bocca, lui mi ha cercata con la lingua, ci siamo baciati come due dannati. Poi ci siamo staccati e lui è stato risucchiato dall'entrata del metrò. Io mi sono girata e ho cominciato a incamminarmi verso casa, mi sono asciugata intorno alla bocca che era piena di saliva. Sono stordita, scoppiata, sono stanca morta, sono eccitata e anche maledettamente triste.

17

Il giorno dopo mi sono messa a guardare una foto del mio album, l'unica che ho di mio padre. È una vecchia fotografia in bianco e nero, dietro c'è scritto Roma 1958. Lui che sta facendo il militare. Ha un sorriso timido e un'aria da scugnizzo, sta in mezzo a altri cinque ragazzi coi pantaloni larghi, corti e le ginocchia di fuori. Sono ginocchia tozze e pelose, quelle di mio padre invece sono magre e ossute. Gli altri hanno le camicie aperte sul petto, si abbracciano, ridono, hanno delle scope in mano. Hanno l'aria di cavarsela nella vita. Lui sta abbracciato a zio Gennaro, il fratello di mia madre, e si abbracciano stretti, sembrano due naufraghi, due sfigati assoluti. Gennaro è morto quindici anni fa.

Quando è arrivato mio padre non mi andava di fargli vedere che avevo quella foto, così l'ho nascosta. Poi ho cambiato idea e gliel'ho fatta vedere.

E dove la sei andata a trovare 'sta foto! Ma guarda un po' a questa!

Te la ricordi?

Ma dove cavolo l'hai presa!!

L'ho tenuta nel mio album, non so perché.

Si è seduto di colpo, si è accasciato sul divano e ha tirato fuori un fazzoletto a quadretti giallo e marrone, tutto sporco e spiegazzato, veramente uno schifo, il peggior fazzoletto che ho mai visto in vita mia. Ha cominciato a soffiarci dentro, soffia e soffia e poi se lo è premuto sugli occhi.

Dai pa' non piangere per favore!

No, papà non piange mica, sai.

Ti prego non fare così.

E che cazzo ma perché uno non dovrebbe piangere se c'ha voglia, e affanculo, no.

Quando smette di piangere rimane a tirare su col naso per un po', annaspa. Proprio una bella scenetta. Dice: Gennarino! madonna quanti bei ricordi che c'ho co' zio Gennaro, lui e io eravamo proprio come due fratelli, lui era più che un fratello per me, un vero fratello di sangue, te lo giuro stelli'.

Okay, va bene, dico io.

Continua a stare sprofondato dentro al divano, a piangere come un disperato. Coraggio, gli dico, gli vado vicino e gli tocco un po' la schiena, è distrutto. Guardalo qui, il padre peggiore dell'universo, e mi è toccato a me.

Dico: Lo vuoi un bicchiere? un altro bicchiere, voglio dire.

Lui fa: Mi sa che ci vuole proprio. Si tira un po' su, si fa ancora una soffiata di naso micidiale e poi attacca per conto suo: Era il '58, me lo ricordo come fosse ieri, è l'anno che ci siamo conosciuti con mamma!

Ti va bene una birra?

E dammi 'sta birra.

Vado in cucina, lui mi viene dietro, comincia a bere la sua birra, si frega un po' gli occhi e dice: Te l'ho raccontato come ho conosciuto a mamma? Un sabato sera avevamo il permesso in caserma, io dico a Gennarino, dove ce ne andiamo stasera? Andiamo a festeggiare con qualche zoccoletta? Stavamo a Roma allora, mamma mia quante zoccole ci stavano!

Ma che dici?

E che, ti scandalizzi? Comunque, Gennarino fa: Ah Renato io non esco stasera con te perché mi viene a trovare Concettina, mia sorella. Io ci ero rimasto male perché con Gennarino mi trovavo proprio bene a uscire e fare casino, cogli altri no, non mi trovavo bene cogli altri.

Chiedo: E a te non ti veniva a trovare nessuno?

Macché, quegli animali dei miei fratelli col cazzo che mi venivano a trovare, niente, gli fosse venuta una volta la voglia di dire me' vediamo quel disgraziato di Renato che fa, se è morto ammazzato, che cazzo fa, e pensa che soffrivo pure d'ulcera, certi dolori! e poi l'anno dopo mi hanno operato allo stomaco, ci ho un pezzo di stomaco di pecora, te l'ho mai detto?

Cosa vuol dire di stomaco di pecora?

Eh, vuoi vedere la cicatrice che c'ho? È una cicatrice di venti centimetri, mi hanno aperto tutto quegli stronzi dell'ospedale militare, io ero convinto che entravo e non uscivo più, addio Renato. La vuoi vedere?

No grazie, risparmiami. E poi me la ricordo, la tua cicatrice, me l'hai fatta vedere tremila volte.

Ma veramente?

Sì, veramente. Insomma, che hai fatto quella sera che dovevi uscire con zio Gennaro?

Quella sera mi sono detto, mo' vado a trovare quelle signorine allegre. Ce ne avevo due che vedevo sempre, si chiamavano Mariuccia e Rosetta, erano due cugine abruzzesi. Stavano a Roma e facevano la vita. Ci avevano due bufaiotti così! (segno dei culi delle due signore) Rosetta c'aveva anche un bel poppone (segno del poppone di Rosetta).

Hai reso, va' avanti.

Beve la birra dalla bottiglia e poi la appoggia sul tavolo, dice: Anzi aspetta, aspetta. Mo' che mi ci fai pensare ci stava pure Caterina, un'altra signorina allegra, quella pure, mh... mamma mia che bufaiotto che c'aveva, un culone così.

Senti, a parte il culo e le tette avevano qualche altra caratteristica queste donne?

Eh, hai voglia! Come no? Caterina c'aveva un bellissimo sorriso, bei denti, perché per esempio mi ricordo che a quelle altre ci mancavano un paio di denti, uno qua, uno là, a Rosetta ci mancavano proprio tutti i denti qua di fianco, e quando rideva si vedeva. E poi ce li avevano pure tutti neri quei denti, uno schifo! invece Caterina aveva proprio bei denti e pure due belle cosce... e un bufaiotto tondo tondo!

Oh cristo, dico io.

Eh allora non ti racconto più niente?

No, racconta racconta.

Insomma con questa Caterina ci avrei giurato che non era una troietta come quelle altre due, perché ci sapeva fare, aveva belle maniere, era una signorina per bene. Insomma, per farla breve, una volta mi danno la paga, prendo due giorni di licenza, e ce ne andiamo in un albergo vicino a Ladispoli, andiamo a ballare, balliamo tutta la notte, poi quando siamo andati all'albergo gliel'ho fatto vedere io cosa sapeva fare Reian! Orca madosca!

Porca miseria che schifo!

E che, tu non hai mai fatto all'amore?

Cosa c'entra.

Vabbuo', quello che volevo dirti io è che co' Caterina andiamo a ballare, facciamo all'amore e io pensavo: questa ragazza mi piace proprio, balla bene, ha dei bei denti, un bel bufaiotto, due belle poppone... e così stavo cominciando a perdere la testa, sentivo che mi ero innamorato sai...

E così?

Eh, e così. Amore amore e non mi sveglio la mattina dopo e quella disgraziata si è fregata tutto!

Tutto cosa?

Tutto il portafoglio con la paga che mi avevano dato. Tutto quello che c'era dentro. E se l'era squagliata!

Oh merda, dico.

Mannaggia che zoccola. Se ti riprendo ti spezzo le ossa, pensavo sempre così, sono stato un sacco di tempo che me la sognavo pure di notte, mi svegliavo e gridavo: Se ti prendo ti spezzo le ossa! Ti cambio i connotati!

E non l'hai mai più rivista questa Caterina?

Macché, dice. È così incazzato e amareggiato che sembra che gli è successo due giorni fa.

18

Quando comincia a venire sera gli chiedo se vuole restare a cena da noi, Goli ha preparato la pasta con gli zucchini. Ci mettiamo a tavola e io gli dico: Non mi hai più detto di mia madre, hai deragliato col racconto di Caterina.

Eh, quello era tanto tempo fa, allora ne avevo di cartucce da sparare, mica come adesso che sono rincoglionito. (dà una sguardata a Goli e sorride)

Dico: Ma ce le avevi delle ragazze, voglio dire, delle ragazze normali, qualcosa del genere...

Eh, normali, allora mica era facile se volevi fare un po' all'amore... facevano tutte le difficili, rompevano i coglioni.

Vabbè ho capito. E mia madre in tutto questo?

Goli dice: Gli stai raccontando di come hai conosciuto sua madre?

Ah! Concettina, fa lui. Quella era proprio tutt'un'altra cosa! Appena l'ho vista, BUM! Amore a prima vista! Tu ci credi? Perché io ci credo, anzi sai che ti dico, io credo solo a quello. Io sto zitta, lui continua, dice: Era Gennarino, sempre lui, avevamo due giorni di licenza e lui mi dice, Se sei solo per questi due giorni Renato perché non vieni con me? Andiamo a Campobasso dalla mia famiglia, ti voglio far conoscere la mia famiglia. E andiamo a 'sto Campobasso, dico io. Quando arriviamo alla stazione vedo una signorina bella con un bel poppone che sta ferma sul binario. La guardo, do una gomitata a Gennarino dico, Maronna! A quella lo so io che ci farei! Pure tu Gennari'? Che ci faresti a quella bella signorina? E lui: Ma Renato, ma che dici, quella è Concettina, mia sorella! ORCA MADOSCA! Allora questa è Concettina che mi avevi tanto decantato! Che bella bambina! C'avevi proprio ragione Gennari'!

Così ti è piaciuta subito, dico io.

Che bello! dice Goli.

Eh, piaciuta. Più che piaciuta, quello è stato un vero colpo di fulmine. Concettina stava proprio bene, c'aveva una gonna bianca tutta arricciata, una cintura alta in vita, me lo ricordo come fosse mo', bei fianchi e un vitino stretto. Poi sopra, c'aveva una camicetta celeste un po' aperta sulle tette... Mi piacevano pure gli occhi neri neri e un po' a mandorla, e i capelli neri e ondulati, come Ava Gardner.

Come Ava Gardner! ripete Goli.

Sì, e poi aveva un bel sorriso, sai, io co' tutte quelle troiette che mi ero portato... questa invece era una cosa di classe, lo capivi subito. Quando mi avvicino lei dice: Buongiorno signor Renato, Gennarino mi ha tanto parlato di lei... Perché lui ti dico che mi voleva proprio bene sai, gli facevo tenerezza a Gennaro. E comunque ti voglio raccontare di mamma, era tutta gentile, un po' civetta, rideva e si metteva i capelli dietro le orecchie. Madonna quanto mi piaceva. È stato istantaneo, mi sono detto: Renato questa è la donna che sposerai questa è la madre dei tuoi figli!

E porca puttana, ho detto io.

Scuote la cenere della sigaretta e fa: Madonna, è passato tanto di quel tempo!

E tu? Anche a lei tu sei piaciuto subito? chiede Goli.

Abbastanza, fa lui senza guardarci in faccia.

Sei sicuro? dico io.

Eh, arriviamo a casa dalla stazione, a casa di nonna Filomena, e quelli stavano tutti in ghingheri, tutti tesi tesi, chissà che si credevano che portava Gennaro, si credevano che portava lo scià di Persia!

Oddio, lasciamo stare lo scià di Persia! fa Goli.

Vado avanti bambine?

Sì, dico.

Allora a casa di nonna ci stava lei, nonno Isidoro, zio Achille e compare Tonino, tutti acchittati. Niente, quelli mi trattano proprio con gentilezza, non hai idea quanta roba buona da mangiare avevano preparato. Mi dicevano mangia Renato, e assaggia questo e assaggia quest'altro, bevi un bicchiere di vino che è quello buono, e io porcamadosca ci avevo tutto lo stomaco intorcinato, chiuso come un pugno. Co' tutta quella fame che ci avevo non riuscivo a mangiare neanche un pezzo di pane! Allora cos'ho fatto io per cambiare la situazione? prendo il regalo che avevo portato alla famiglia di Gennaro, ce l'avevo ancora nella busta, prendo e tiro fuori un disco del vecchio Fred... Fred Buscaglione, no. Chiedo se c'hanno il giradischi e quelli ce l'avevano, era un grammofono di prima della guerra. Prendo e metto il disco: GUARDA CHE LUNA... TATATA... GUARDA CHE MARE... TATATA... IO QUESTA NOTTE SENZA TE NON POSSO STARE... TATATA... e dico: Concettina! Balliamo!

E gli altri?

Gli altri stavano mangiando, erano tutti a tavola e si sono fermati di colpo, mi guardavano con la bocca aperta. Gennaro fa: Renato, vieni, vieni a tavola, perché aveva soggezione di suo padre... tutto punto e virgola nonno Isidoro uno con un musone lungo come un'autostrada...

E tu?

Io? E a me che cazzo me ne fregava di lui, della famiglia e del loro pranzo, c'avevo lo stomaco chiuso e mi sentivo proprio cotto, cotto marcio, mannaggia la miseria. Gioia, prendi ancora un po' di swing per papà, mo' mi sono emozionato!

Che forza che sei Renato, fa Goli.

Eh, Dori l'amore è proprio un'altra cosa... quando senti

che stai innamorato cotto è proprio un'altra cosa... mica era come con quelle baldracche da quattro soldi, macché questa era proprio un'altra cosa un'altra esperienza. Co' mamma mi sembrava come se già l'avevo conosciuta, come se già l'avevo incontrata, forse nei miei sogni... e glielo dissi, le dissi questo, a te ti ho già incontrata nei miei sogni, bambina bella...

Accidenti, lo sai che sei proprio poetico, Renato. (sempre Goli)

E poi vi siete messi a ballare? (io)

Macché. Quella tua madre lo sai che le è sempre piaciuto fare la finta timida, la finta paurosa... c'era nonno buonanima che la guardava storto, si vedeva che stava incazzato, mamma era diventata rossa rossa e pure nonna era diventata tutta rossa, diceva: oddio Renatuccio siediti... siediti vicino a me Renatuccio.

Ma io continuavo a stare lì a sentire la mia musica, la musica del grande Fred, anzi visto che c'era un'atmosfera da mortorio ho alzato il volume al massimo e me ne stavo lì a ballare, ballavo stile rockenroll, mi piaceva... ero un buon ballerino, modestia a parte, ci sapevo proprio fare. Co' mamma quando ci siamo sposati abbiamo vinto un sacco di gare di ballo, diglielo a Loli.

Sì, e tu dille com'è andata a finire poi.

E quello strunz' di nonno buonanima si è alzato in piedi, ha sbattuto i pugni sul tavolo, ha rovesciato pure la sedia e ha detto, questa è una casa seria qua non siamo mica in un bordello! e poi ha sbattuto la porta e se ne è uscito! zio Achille è uscito sul balcone. Allora Gennaro mi fa: Ma Renato che ti è saltato in testa! Così ti sei giocato la presentazione con la mia famiglia! E a me che cazzo me ne importa, c'ho detto io, Renato è fatto così, Renato è questo, e non è altro, o prendere o lasciare. Se lo volete, se vi piace com'è bene sennò arrivederci e grazie!

Ben detto! fa Goli, hai completamente ragione Renato! È quello che dico sempre di me anch'io.

Come no, dico io,

Così ho preso il mio disco, il mio impermeabile, c'avevo un bell'impermeabile che avevo preso coi soldi che avevo vinto a una lotteria... ho preso tutto e ho fatto come per uscire. Poi sono tornato indietro, era tutto calcolato eh, sono tornato indietro e mi sono avvicinato a Concettina. Le ho detto: Concettina, sono uscito pazzo per te, ti amo follemente e ti voglio sposare.

Così, dopo dieci minuti che la conoscevi?

Che dieci minuti erano almeno due ore che stavamo là.

E lei? l'hai conquistata subito? chiede Goli.

Macché, quella è corsa via piangendo! Diceva: No! No! No! Questo è pazzo... Non lo voglio mai più vedere! No!

Oh signore!

Conclusione. Gennaro mi ha fatto capire che era meglio se me ne andavo. Io questa volta sono uscito veramente, ho preso il mio disco e il mio impermeabile alla Humphrey Bogart e me ne sono andato alla stazione.

E eri triste? (sempre Goli)

Mi sono detto: Renato hai perso una battaglia ma non la guerra!

Mh, faccio io tirando giù un po' di vino dal mio bicchiere.

Dovresti essere contenta di avere un padre così poetico! fa la mia amica.

Sì.

Be', pensa che se non era per la sua tenacia tu a quest'ora non eri mica nata.

Versati ancora un po' di vino Goli, bevi.

19

È mezzanotte passata e la nostra cena continua, lui sta andando forte coi suoi ricordi, Goli è rilassata, ha le guance rosse e gli occhi che brillano. Le sigarette e il vino vanno alla grande. Io ogni tanto ripenso a Pascal, sarebbe bello che ci fosse anche lui con noi.

Renato versa da bere a Goli e lei dice: Grazie Renato, no, non darmene troppo, non dovrei proprio bere io sai che quando bevo troppo flippo completamente! Pensa che sono stata due anni alle riunioni degli alcolisti anonimi. Quasi due anni, ma non ci andavo sempre, certe volte andavo ma non avevo il diritto di parlare, loro hanno questa regola che se hai toccato l'alcol puoi andarci ma non ti fanno parlare, se poi sei ubriaco non puoi proprio andarci. È così.

Eh, pure io ci so' stato, dice lui, ho conosciuto un sacco di gente, mi so' fatto un paio di amici, erano brava gente ma un po' pallosi per i miei gusti, non è vero che so' pallosi?

No, io non li trovo pallosi, Renato, sono persone che hanno sofferto come cani, è gente sensibile, distrutta dalla vita. Dio quanto mi trovo bene io con quelli che hanno sofferto come cani, con gli écorchés vifs!

Ammazza questa è più pazza di Renato, dice mio padre tutto divertito, Te' fatti un altro bicchierino Doli.

E quand'è che saresti andato agli alcolisti anonimi? chiedo.

All'inizio ero pieno di buona volontà, mi sono messo là a

sentire che dicevano, poi ci ho pure raccontato un po' di roba mia, la mia vita, stella. Ero pure diventato amico con uno, un dottore, uno che operava la gente. Un grande chirurgo, eh. Mi telefonava e mi diceva Renato sai oggi ho litigato con mia moglie, ho avuto una discussione e mi è venuta di nuovo la tentazione...

E tu che gli dicevi? chiedo.

Eh, discussioni, discussioni! Co' quella racchia della moglie! Io gli dicevo: Ma che, dotto', le chiami discussioni? ma tu ti devi trovare una bella ragazza, trovati una signorina simpatica e vedi che così risolvi i tuoi problemi. Quella era proprio brutta come la fame, magra magra, Clotilde! pussa via Clotilde dicevo io quando la vedevo e quella credeva che io scherzavo. Una vera zoccola, e quello scemo che beveva perché aveva le discussioni co' quella racchia. Che gli consigliavo, gli dicevo: Riccardo, mandala affanculo a quella rachitica e lui: Ma Renato io sono come stregato da lei, mi tiene legato a lei. E tu menala, dalle due belle sberle può essere che le viene pure un po' di colore in faccia.

Sei disgustoso, dico, però mi viene da ridere. Goli da parte sua è piegata in due dalle risate.

Lui sente che a noi piacciono le sue storie e così ci dà dentro tutto felice, continua: Allora, gli dico a 'sto Riccardo, gli dico, pensa un poco a me Riccardo, io che cazzo dovrei dire che non c'ho una lira, non c'ho una donna, mi hanno sbattuto fuori pure dall'ultimo lavoro e co' quella zoccola di Mirella ci facciamo certi cazziatoni...

Chi è Mirella? chiede Goli. Io avrei preferito che non lo chiedesse.

Mirella era una mia vecchia fiamma, faceva pure la vita, stava 'mbriaca dalla mattina alla sera, però mi capiva.

Oh merda dico io.

Che dovevo fare? Tua madre mi ha mandato a fare in culo.

È stata Concettina che ti ha lasciato, Renato? chiede Goli.

Sì, fa lui.

Io dico che le cose non sono andate proprio così, faccio.

Ah no? E come sarebbero andate le cose allora, sapiento-na dei miei stivali?

Non parlarmi così, dico.

Lui abbassa la voce, e su un altro tono chiede: Come so-no andate le cose allora?

Tu eri sparito, ti sei dato, sei sparito per non so quanto tempo. E quando c'eri erano sempre casini e litigate e una vita di merda. Sempre.

EH! Ma che c'entra! Quella è acqua passata! E poi lo sapevate che Renato torna sempre. Sparisce ma poi torna sempre.

Ma dove sei stato tutti questi anni? chiede Goli.

Eh, dove so' stato, ho viaggiato, ho girato il mondo so' stato in Sudamerica, so' stato in Messico e a Cuba, coi comunisti!

Non ci credo, dico io.

Eh tu non ci credi mai a papà.

Goli chiede: E perché non ti sei mai fatto vivo Renato? A tua moglie e a tua figlia non ci pensavi? Non pensavi che le facevi preoccupare?

Come non ci pensavo, ci ho pensato sempre a loro due. È la verità stella! Io sono fatto così. Ma un uomo che può averci nel cuore se non ci ha sua moglie e sua figlia, eh? Può averci nel cuore qualche altra cosa che sua moglie e sua figlia?

Io dico: Non ho voglia di tornare su questi argomenti, mi viene la nausea, mi viene da vomitare.

Mo', che esagerata! La fai sempre tragica tu! Tu e tua madre siete proprio uguali! Sempre la tragedia, 'o dramma! Mai un po' di allegria, di vita spensierata! Eccheccazzo!

Lasciamo perdere, dico.

Goli si alza e comincia a preparare il caffè. Io sento che c'è qualcosa che mi sfugge in tutta questa situazione. Gli dico, guardandolo dritto negli occhi: Mi dici perché sei tornato? Mi dici che vuoi da me?

Madonna, ma che, è il modo di parlare!?

Mi alzo di scatto, perché all'improvviso sono depressa e disgustata. Mi accendo una sigaretta tiro due boccate e butto fuori il fumo, è l'unico modo che ho per respirare.

Me ne vado via dalla cucina, faccio un giro per la casa e mi viene una speranza assurda, che lui possa essere sparito di colpo. Invece è sempre lì, sta guardando dentro il piatto gli avanzi della cena.

Dice: Sai io sono una testa di rapa, sono proprio una testa di cazzo, un buono a niente e un fallito, sono una nullità di uomo.

Io dico: Se ti aspetti che ti dico di no ti stai sbagliando.

Però per la miseria! io dico che nella vita devi vivere un po' sciolto, no, un po' a capa di cazzo. Devi fare le cose che senti dentro, come fai a vivere tutto punto e virgola, come fa un uomo a farsi mettere la museruola, a alzarsi la mattina, andare a fare un lavoro che gli rompe i coglioni e starsene nella cuccia come un cane. Come fa a vivere come un uccello prigioniero in gabbia.

Belle metafore faccio io, aspetta che me le segno.

Quello che voglio dirti è che dovresti avere un po' di umanità e un po' di comprensione per un uomo che ha provato a essere libero. Questo che hai davanti è solo un uomo che ha provato a volare libero nel cielo oscuro della vita.

Io dico: Senti papà non fare il pagliaccio, smettila di sparare le tue cazzate. Io adesso esco, ho bisogno di prendere aria, quando hai finito con le tue belle metafore esci anche tu. Ci sentiamo, eh.

Ma dove te ne vai? è tardi!

Stasera non sono per niente sicura di quello che si dice di solito, la storia che col tempo passa tutto, che ogni cosa si aggiusta eccetera. Stasera direi che è meglio non contarci troppo su questo genere di cose.

20

Il giorno dopo me ne sono andata al cinema. Quando sono tornata a casa ho trovato Goli che sta leggendo Libération, dice: Guarda che ci sarà un casino! Allora per l'11 ci andiamo in Normandia a vedere l'eclissi, eh? Ci andiamo anche noi, me l'avevi promesso. Ricordati che me l'avevi promesso.

Come fai a ricordarti che te l'avevo promesso? Io non me lo ricordo di averti detto una cosa del genere.

Ce l'ho qui, l'ho scritto sul mio quaderno salvamemoria, leggi: She says, we go to Normandia for the Eclipse.

Perché l'hai scritto in inglese?

Non lo so, a volte penso in inglese.

Va bene.

Che hai fatto?

Sono andata al cinema, sono andata a vedere Matrix.

Piaciuto?

Una bella cagata, la solita storia di tre stronzi con gli occhiali Police che salvano il pianeta.

Uf! fa lei, sono così eccitata all'idea di vedere l'eclissi! guarda qui, dicono che è l'evento più importante della fine del secolo.

Che stronzate.

Perché! Sai com'è bello e commovente quando la luna copre il sole e diventa tutto buio di colpo. Ti senti piccola

piccola, ti senti che non sei niente ma proprio niente, una nullità e che anche tutta la vita è un soffio.

Io non ho bisogno dell'eclissi per sentirmi così.

No? non importa. Lei alza le spalle ma lo vedo che c'è rimasta male. Per rimontare la conversazione dico: E la profezia di Paco Rabanne? Ci credi? Ci credi che l'11 s'incendia tutta Parigi, che brucia tutto, che la Mir cade sulla terra...

Ossignore speriamo bene, ha detto lei.

Non sarà che vuoi andare in Normandia per non stare a Parigi l'11 agosto?

Be', anche per quello. Comunque io non ci credo a quello che dice Rabanne, vuoi sapere perché? perché io quando devono succedere le sciagure me lo sento dentro, me lo sento nella pancia e non dormo mai la notte. Quando è successa la rivoluzione in Iran che ci hanno portato via tutto e hanno arrestato mio padre stavo male da un mese, mi sentivo delle sensazioni strane avevo come delle visioni e poi sognavo sempre che scorreva l'acqua dei fiumi e mentre che scorreva diventava rossa.

Piega il giornale e poi fa: Ti è piaciuto Matrix?

Ti ho detto che è una cagata.

A me è piaciuto.

Be', non me l'avevi detto di averlo visto.

Sì, sì, ci sono andata con Mathieu. Ti dico perché mi è piaciuto?

Vai.

Perché quelli che hanno fatto il film secondo me hanno lanciato un messaggio importante, c'era un pensiero profondo dietro.

Ah sì? e quale sarebbe questo pensiero profondo?

È uguale a quello che dice il Dalai Lama, è un pensiero buddista secondo me.

E cioè?

Pensaci un po' su... che cosa ci dice il film? ci dice in pratica che la realtà non è quella che vediamo, non è quella che viviamo tutti i giorni. Quello che vediamo tutti i giorni è solo una finzione pensata da chi ha il potere, da chi ha il controllo della situazione.

Sei sicura che questo è un pensiero buddista?

Io dico di sì.

E la vera realtà quale sarebbe allora?

Eh questo non lo so.

Va bene.

Però i tibetani lo sanno, sai quando li senti parlare loro ti convincono. Dicono che la vera realtà è fatta di pura luce. Io sono andata a sentire il Dalai Lama quando è venuto allo stadio di Bercy l'anno scorso. Te l'ho raccontato?

Circa quindicimila volte.

Okay, non te lo racconto di nuovo allora.

Senti Goli, andiamoci in questa cazzo di Normandia, voglio schiodarmi da qui.

Ce lo portiamo anche Renato? Lui mi ha detto che gli piacerebbe tanto vedere l'eclissi, che è venuto apposta per l'eclissi.

Mio padre? Tu sei matta.

Certo che sono matta, avevi qualche dubbio scusa?

21

Ore otto di mattina e noi due che siamo davanti al portone a aspettare Renato che ci ha dato l'appuntamento. Goli sbadiglia, si stiracchia, mugola, si mette le mani nei capelli. Dice: Certo che partire alle otto di mattina è proprio una cosa bestiale, eh.

Dico: Cazzo perché non gli abbiamo detto di venirci a prendere a casa! Figurati se quello è puntuale.

Ma dai, dagli un po' di fiducia a tuo padre, tu non gli dai proprio un briciolo di fiducia.

Chissà come mai, dico.

Alle otto e tre quarti quando ormai tutti i cristi da tirare giù li abbiamo tirati lui arriva. L'auto è una vecchia Austin tutta malmessa, bianco sporco, con una portiera grigia diversa dal resto della carrozzeria. Lui suona un paio di volte il clacson tutto contento. Si è messo un paio di guanti da pilota, scamosciati, senza dita e completamente lerci. Nell'auto stazionano vecchi giornali, carte stradali spiegazzate, fogli unti pieni di macchie, scatole di biscotti, un plaid puzzolente, dei fiori secchi. Due mele e un barattolo di pesche sciroppate.

Dopo avere consultato una cartina per uscire da Parigi, bestemmiando e litigando arriviamo a prendere la périphérique giusta. Lui si rilassa e si mette a guidare col gomito fuori dal finestrino, poi traffica un po' fra le cassette, ne trova una di un gruppo che si chiama Puertorican Power, la infila nell'autoradio e dice: Questo si chiama Men in salsa, sentite un po', è proprio forte!

Goli è seduta davanti, dice: Oddio, adesso che ci penso la Normandia mi ricorda quel tipo che mi ha portato a Deauville, te l'ho raccontato?

Sì, dico, ma se vuoi raccontarlo di nuovo fai pure.

Lui dice: Ma quante disavventure ti sono capitate a te, eh!

Eh sì, questo puoi proprio dirlo Renato.

Poi lui mi dà un'occhiata nello specchietto retrovisore e dice: E tu stella, non mi racconti niente dei tuoi amori?

Io dico che non c'è niente da raccontare.

Tu mi sa che sei una senza troppi sentimenti, eh, mi sa che sei una vera dura, proprio la figlia di Reian.

Dico: Che ne sai di me? Tu non sai niente di me. Arrivi qui e spari le tue frasi.

E come mai non hai figli? alla tua età una donna dovrebbe avere dei figli.

Aaahhhhhh ancora! dico.

Dai, fa Goli, non innervosirti, dai che oggi ci facciamo una bella gita, me lo sento.

Allora fai stare zitto quest'uomo, fallo stare zitto sennò lo faccio scendere dalla macchina, ci va a piedi a vedere l'eclissi.

Dai stai tranquilla, e poi è sua la macchina, e è l'unico che può guidarla. Come fa a scendere?

Come mai che voi due non ci avete la patente? chiede.

Io non l'ho mai presa perché sono terrorizzata, lei ce l'aveva e gliel'hanno tolta, dice Goli.

Te l'hanno tolta? Ma che significa?

Niente, è una storia lunga, e non c'ho voglia di parlarne adesso. Lancio un'occhiata alla mia amica cercando di farle capire che se dice un'altra parola l'ammazzo. Lei si vede che ha afferrato, dice: A proposito di figli, io ho una storia tristissima sui figli. Renato, sai quanti aborti ho fatto io? Sei.

Mica uno, sei. Mio marito non voleva figli, e tu non sai come mi piacciono invece a me i bambini.

Porca la madosca! dice lui.

Comunque sono d'accordo con te Renato, la cosa più bella del mondo è avere dei bambini.

Ma cosa ne sai, dico io.

Eh, lo so, per esempio quando sto con le mie nipotine sono proprio felice.

Ma se non vedi l'ora di togliertele dalle palle!

Be', che vuol dire.

Diglielo Cori a questa caprona, diglielo che una donna deve fare i figli.

Adesso scendo dalla macchina se non la pianti.

Che scopo ha una donna nella vita se non di fare figli?

E tu che scopo hai nella vita se non quello di sparare stronzate?

Mo' ti mollo uno sganassone eh, ricordati che so' sempre tuo padre.

Come no, guarda che paura che ho.

Goli fa: Oooohhhh basta! non litigate! Adesso se volete vi racconto del mio matrimonio. Vi racconto?

E racconta, dice lui.

Sai, lui era il figlio di un tipo ricchissimo, un pittore americano famoso, pieno di soldi, non puoi sapere com'era ricco, in casa aveva dei quadri di Picasso e di Dalí, veri, eh! Lui, mio marito, Henry, mi adorava. Per lui ero la Madonna discesa dal cielo, esistevo solo io. Era un bellissimo uomo, occhi verdi, alto, la faccia un po' scavata, capelli lunghi fino a qua. Pensa che aveva avuto una storia con Brigitte Bardot. Quando era giovane, eh, e poi l'ha lasciata, pensa che l'ha lasciata lui per mettersi con la sorella.

Co' sua sorella?

Ma che hai capito, con la sorella di B. B.! E poi la sorella ha lasciato lui. Va bene. Ci siamo incontrati a Roma, io avevo sedici anni, e non sapevo niente della vita. Avevo un'amica che ci ha presentati, e lui la sera dopo mi passa a prendere nel pensionato di suore dove stavo. Mi passa a prendere col maserati. Luungoooo... lui aveva una pelliccia lunga fino ai piedi, e questi capelli biondi... sembrava un attore, anzi sembrava un dio. Giuro! mi passa a prendere, vuoi mangiare carne o pesce, mi fa. Io non mi ricordo cosa ho detto. Mi ricordo solo che quella sera sono entrata nel suo letto e ne sono uscita dodici anni dopo. Vi rendete conto? Stavamo tutto il giorno insieme, lui non lavorava. Eh, era così ricco. Andavamo a Saint-Tropez, lui aveva fatto costruire un'immensa piscina per me, nel parco della sua villa, solo perché a me non piaceva nuotare nel mare. Poi bastava che dicevo mi piacerebbe andare, non so, a Bali, prendevamo cinque mesi di viaggio, Hong Kong, Cina, Giappone, abbiamo fatto dei viaggi meravigliosi. Lui mi faceva dei regali stupendi, smeraldi grossi così, non potete sapere che roba. E in più mi scopava TUTTE LE SANTE NOTTI, ogni notte, pioveva nevicava o splendeva il sole, anche se io ero sul punto di schiantare lui mi scopava tutte le notti zumpe zumpe zumpe mi scopava finché non venivo tre o quattro volte. Per dodici anni!

Il mio genitore ride divertito e un po' imbarazzato.

Racconta il seguito, dico io.

Sì, ecco forse può sembrare che eravamo come nelle mille e una notte. Eppure! Io stavo morendo. Stavo impazzendo.

Perché?

Perché non ero io! Mi sentivo come una bambola! E poi lui era così serio! Così noioso! Stava sempre zitto e leggeva Proust. NON MI HA MAI DETTO UNA VOLTA, UNA SOLA VOLTA TI AMO.

Goli non gridare che non siamo sordi, dice lui. E poi?

E così l'ho lasciato. Io volevo l'amore, il calore, litigare, ubriacarci, ridere. A me mi piace ridere. Lui era serissimo (fa una pausa e si mette a guardare fuori dal finestrino).

E così che è successo? chiede mio padre.

Il seguito è brutto eh ti avverto Renato. Perché io a quel punto l'ho lasciato e nella mia testa credevo che tutti gli uomini erano come lui, che mi adoravano, che mi trattavano come una regina, che mi scopavano tutte le notti.

Invece?

Ho cominciato a conoscere gli uomini, mamma mia, ce n'è di stronzi in giro! Di squallidi, di loffi, di profittatori, e la maggior parte, guarda te lo posso dire, la maggior parte non sa scopare. Niente, non capiscono cosa fa piacere a una donna, infatti il mio grande problema, lei lo sa, è che adesso dopo mio marito è rarissimo che trovo uno che sappia farmi venire scopandomi. Pensano di cavarsela leccandoti o facendoti venire con le mani. Io mi arrabbio perché penso, c'hai l'uccello, per favore usalo, no?

Coli come sei volgare però! fa mio padre.

Senti questo! faccio io, senti chi parla.

Ah allora non parlo più, dice Goli.

No, no, continua a parlare ma sii un po' meno volgare, fa lui.

Senti Renato tu hai voluto sapere e io ti racconto, ti pare?

Giusto, faccio io, non fa una piega.

Così procediamo silenziosi sulla strada per un tot di tempo, con l'autoradio che continua a sparare la salsa di questi Puertorican Power.

Io mi accendo una sigaretta, dico: Io una volta sono stata malissimo per un tipo. Ho sofferto così tanto che pensavo di morire.

Sul serio stella?

Sul serio.

Era la prima volta che soffrivi così tanto? chiede Goli.

Sì, credo di sì. No, anzi un'altra volta c'è stata.

Emammamia, voi ragazze però vi fate prendere troppo dall'amore...

Quando è stata l'altra volta, chiede Goli.

Sentiamoci pure questo, fa lui.

Vuoi sapere quando è stato? Avevo sei anni, e tu eri in coma all'ospedale, avevi fatto un incidente, perché guidavi ubriaco. Ci avevano detto che avevi pochi giorni di vita.

Lui incassa e fa finta di niente, continua a guidare in silenzio. Io dico: Ci avevano detto che stavi morendo, c'era un dottore coi capelli rossi che mentre lo diceva a mia madre le guardava le tette nella scollatura della camicetta.

Anche lui si accende una sigaretta, poi dice: Eh, però mica so' morto, c'ho la pellaccia dura io.

E poi è successo un'altra volta, secondo incidente, per due volte ho pensato che stavi morendo.

Sì, sì... ma proprio 'sti ricordi tristi devi tirare fuori? Rilassati piccina, lo vedi che sta uscendo pure il sole, è una bella giornata! Vedi ci stanno pure le vacche che mangiano l'erba. A te ti piacciono le vacche, Cori?

No, le vacche non mi dicono niente, a me piacciono le tigri, le giraffe, le pantere, quegli animali così.

La sapete una cosa? A me quello stronzo del dottor Santoro, il primario del Cardarelli, me l'ha detto, mi fa: Renato tu sei un miracolo fatto uomo, tu tieni il sangue atomico, peccato che fai di tutto per rovinarti con le tue mani! così mi ha detto, che ho il sangue atomico.

Sei proprio una sagoma, Renato, fa Goli.

Col sangue atomico e lo stomaco rattoppato co' la pelle di pecora! Fanculo, godiamoci la vita finché stiamo qua che quando non ci stiamo più tanti saluti.

Che filosofo! faccio.

Tu non ci credi alla reincarnazione Renato?

Pffff... queste palle dei preti! Tutte quelle cape di cazzo che ti dicono un sacco di puttanate su come devi vivere e come devi morire! Solo per tenere le persone sotto come tanti pecoroni! Quelle cape di cazzo!

Ehi, l'hai sentito! fa Goli,

Cosa?

È la stessa tematica del film Matrix.

Ossignore...

Tu sei veramente uno zingaro Renato, sei proprio un uomo libero e selvatico.

Sai che diceva sempre quella buonanima di mammà, diceva sempre: Questo Renato è proprio il più zingarello di tutti i miei figli.

E tua moglie che ti diceva? chiede Goli.

Concettina diceva solo che ero un ubriacone sfaticato.

E tu cosa dici?

Io dico che sono vere tutt'e tre le cose, che sono zingaro 'mbriacone e sfaticato... (ride)

E tua madre com'era, Renato?

Mammà... ci aveva il suo caratterino... però mi voleva bene, ero il più piccolo e mi voleva bene, le facevo tenerezza, ero magro magro, uno scheletrino, e ci avevo sempre una cazzo di fame! Però devo dire che pure se ci voleva bene a noi figli per lei l'unica cosa che contava veramente era suo marito.

Come faceva con undici figli?

Come faceva, mica stava sempre appresso a noi, a noi ci hanno cresciuto Wanda e Checchina, le due sorelle più grandi. Te l'ho raccontato di quando morì papà?

Tuo nonno?

Sì, suo nonno. Quando papà morì... delle scene che non ti dico! mamma si voleva buttare giù dalla finestra, diceva che senza suo marito lei non viveva più, che lei non voleva più starci sulla terra. Poi ha pensato una cosa, qualcuno l'ha portata da un notaio, e lei ha scritto le sue volontà, diceva che alla sua morte voleva essere sepolta insieme al marito. Non nel senso di sepolta vicino, ma proprio che dovevano riaprire la bara di papà e metterla dentro insieme a lui. Così era sicura che stavano insieme per l'eternità.

Capisci? dico io.

Goli ha gli occhi sgranati, dice: E l'hanno fatto?

L'hanno fatto eccome, pensa che mamma è morta cinque anni dopo papà, e hanno dovuto fare proprio come aveva detto lei. Hanno riaperto la bara e li hanno messi insieme. Pensa che bello spettacolo, santa madonna!

Mi sta venendo da vomitare, dico.

Vuoi passare davanti? chiede Goli.

Me', fermiamoci per una sosta, beviamoci un drink e non pensiamo al passato! dice mio padre.

22

Entriamo nel parcheggio dell'autogrill, dalle auto scendono facce di gente assonnata. La mattina si sta facendo cupa, minaccia di piovere. Dentro al bar un sacco di tipi un po' sconvolti si buttano sui caffè, i croissant e le acque minerali. I bambini zompano di qua e di là pieni di energia.

Anche noi ci sediamo e prendiamo i nostri caffè coi croissant.

Goli dice con la bocca piena, Uf, quanto mi stanno stretti questi jeans, sto ingrassando, mi sento come una vacca.

Goli, non parlare sempre così con poca stima di te stessa, dice lui.

Lei alza le spalle e continua a ruminare il suo croissant. Dice: Ti è piaciuta la mia storia allora?

Eh non è male, fa lui.

Certo Renato sai che tu sei proprio un bravo raccontatore di storie?

A Renato non lo batte nessuno a raccontare palle! dice lui.

Meno male che lo riconosci, dice sua figlia.

Ma non mi hai più detto com'è andata a finire con tua moglie, come hai fatto a conquistarla, alla fine.

Lui si sistema meglio sulla sedia tutto ringalluzzito, non gli pare vero di poter ripartire coi suoi racconti di conquista, dice: Allora, vi ricordate quella volta che me ne sono ripartito da Campobasso e che Gennarino mi aveva detto che non avevo nessuna possibilità con Concettina, occhei?

Sì, fa Goli con le pupille dilatate.

Nei giorni appresso mi metto a sfottere Gennaro, gli dico che non è un vero uomo e che si fa comandare a bacchetta dalla sua famiglia e da sua sorella, che perdipiù è una donna e pure più giovane di lui, lo sfotto no... Poi un giorno, io stavo co' due ragazze che mi erano venute a aspettare all'uscita della caserma, due sorelle.

Con due! fa Goli.

Queste due signorinelle erano proprio due ragazze allegre, si volevano divertire. Ma no due zoccole, eh, non si facevano pagare, erano le figlie di un capitano, gli piaceva andare a ballare, gli piacevano i locali notturni, volevano divertirsi e basta, erano due ragazze per bene,

E che ci facevano con te?

Che ci facevano, io le portavo nei locali più belli, le facevo ballare... con me le donne si sono sempre divertite che ti credi...

Sarà, dico io, giusto per dargli fastidio.

Un giorno le due sorelle mi vengono a aspettare all'uscita della caserma e Gennarino stava con me. Le vede e zac! di colpo perde la testa per Edvige, la più zoccoletta delle due sorelle, quella bassina e bella tracagnotta. Niente, completamente impazzito, di colpo!

Ah ma allora è un vizio, commento io.

Quanto mi piacciono a me gli uomini così appassionati! dice Goli, ah se Henry avesse avesse avuto un po' di passione, un po' di follia, io starei ancora con lui adesso, e godrei ogni notte!

Ma avevi detto che queste non erano puttane.

No, dico zoccolette per dire, comunque quello che conta è che adesso io l'avevo in pugno,

Chi avevi in pugno?

A zio Gennaro, no? Gli dico: Genna', se vuoi menarti a Edvige ci penso io, ti preparo tutto il terreno per bene. Sul serio Renato? dice lui. Eh, sul serio, però tu prima mi devi fare un favore. Tutto quello che vuoi Renato, per me tu sei come un fratello. Eh, vabbuo', allora portami da Concetta un'altra volta, i soldi per il viaggio li anticipo io.

Gli hai fatto un ricatto? Hai ricattato un uomo che ti voleva bene!

Sì. Mi devi portare da Concettina, gli ho detto. Mi devi mettere una buona parola con lei. E lui: Renato chiedimi tutto ma non questo, sai che se potessi lo farei co' tutto il cuore, ma quelli mamma e papà non ti possono proprio vedere, tu non ti sei comportato come si deve... quelli mi hanno parlato molto malamente di te, se ti presenti a casa un'altra volta ti buttano fuori... Ah quand'è così, allora non ci vengo a casa tua, se le cose stanno così se a casa vostra Renato non è beneaccetto che se ne andassero affanculo! Vuoi sapere che c'è di nuovo? Io vi aspetto in qualche posto e tu porti fuori Concettina da sola, ci diamo appuntamento poi ci lasci soli e vedrai che quando rimaniamo da soli la conquisterò, lei sarà mia!

Che sbruffone! dico, e mi viene da ridere.

Così l'ho convinto, cioè lui non era proprio convinto, ma ci stava. Quando Reian si mette in testa una cosa... capa tosta (si batte sulla testa). Ci diamo appuntamento al bar del corso, Concettina stava vestita tutta per bene, con un vestito arricciato in vita, blu coi pallini bianchi, me lo ricordo come fosse mo'. Stava sempre un po' sulle sue, ma faceva pure la civetta. Allora le offro un gelatino, me la prendo sottobraccio e me la porto a spasso per il corso... Lei sta zitta e si mangia il gelato, io faccio segno a Gennarino di andarsene. Lui dice: Vado a comprare le sigarette poi passo da un amico e dopo vi raggiungo eh... Sì sì vabbuo' dico io e gli faccio segno: TELA! PUSSA VIA! Però tua madre non parlava... allora io mi faccio in quattro a sparare stronzate... parla parla parla per farla un po' divertire no, ma lei niente seria seria, a un certo punto le dico, Concettina, ci sposiamo? E lei scoppia a ridere finalmente, madonna mia che bel sorriso che c'aveva tua madre io c'avevo tutto il cuore che mi batteva forte fortissimo!

Che romantico, faccio io.

Che mi pigli per il culo?

Va' avanti ti prego, Renato! fa Goli completamente rapita.

Allora tento di baciarla, e di toccare pure un po' il bufaiotto... e lei sbam, un cazzo di schiaffone! C'aveva certe palette tue madre santa madonna!

Ti ha menato?

Sì. E poi ha girato il culo e se ne è tornata a casa. Sparita.

Noooooo.... fa Goli tutta rattristata.

Quando ho rivisto Gennarino gli dico, allora? l'ho conquistata a tua sorella? ce l'ho fatta, eh? E Lui: Rena', tu non ti devi offendere ma mia sorella ha detto che sei completamente pazzo e non le piaci proprio, non sei proprio il suo tipo. Ho capito, dico. E chi sarebbe il suo tipo, sentiamo? E Gennaro: Ah, a lei ci piace uno che si chiama Moscato, e fa il calciatore, sono usciti insieme un paio di volte... e poi c'ha pure un altro pretendente, Pasqualino, uno che tiene un grande negozio di scamorze e latticini e la famiglia è proprietaria del caseificio Pallante, stanno proprio bene a soldi. Pure il calciatore sta bene a soldi. Per i miei genitori questo è importante. E tu, Rena', mo' non ti devi offendere ma a te non ti esce una lira manco se ti prendo e ti rivolto a testa in giù. 'Azzo che bell'amico che sei Gennarino! gli ho detto.

E Gennaro con l'altra, con Edvige la tracagnotta? com'è andata? vuole sapere Goli.

Quei due hanno fatto all'amore per un sacco di tempo.

Lui era proprio partito in quarta, gli andava proprio bene in quel periodo, a me non andava bene manco per un cazzo... Concettina di me non ne voleva sapere proprio, non mi voleva neanche incontrare, capisci, io ero disperato! Poi volevo andare a cercare quei due strunzi, il calciatore e lo scamorzaro, ci volevo spezzare le ossa a quei due, ci volevo cambiare i connotati. Senza di lei io ero un uomo finito.

Io faccio: Che ne dite, ripartiamo, eh?

23

Quando arriviamo a Fécamp parcheggiamo l'auto vicino al canale e ci mettiamo a camminare per un pezzo. Andiamo verso la spiaggia insieme a una folla di persone, siamo tutti diretti verso il mare. C'è ogni tipo di umanità, le famigliole che si tengono per mano, i fidanzati, i punk, i motociclisti con le tute di cuoio nero, qualche scoppiato, gruppi di fricchettoni. Ogni tanto incrociamo dei ragazzi che distribuiscono gli occhiali per guardare l'eclissi. I negozi del paese sono presi d'assalto. La gente si piazza ovunque, sta seduta ai tavoli, prepara i cavalletti per le foto, si agita, tutti hanno per le mani qualcosa da bere o da mangiare, lattine di birra, panini, popcorn, alzano la testa per aria e controllano il cielo che è diventato grigio cupo. Anche noi compriamo dei sandwich col formaggio e delle birre. Mentre tira dei morsi al suo panino Goli dice: Be', tanto che aspettiamo perché non finisci di raccontare come hai fatto a conquistare tua moglie? M'interessa proprio.

Eh, mi so' messo a fare lo sciopero della fame.

Cosa?

Non mangiavo più, se lei non mi voleva io che campavo a fare?

Tu sei matto sul serio, dico io.

L'avevi vista solo due volte! dice Goli.

Così sai che ho fatto? Ho messo in moto le mie sorelle

Wanda e Checchina. Hanno preso il treno e sono andate a casa di Tina.

E chi è Tina?

Sempre lei, Concettina, no. Madonna ragazze e cercate di afferrare un po' più al volo le cose, e che è!

Dai continua, dico io. Intanto do un'occhiata intorno e mi sembra di sentire qualcosa, c'è qualcosa di sinistro nell'aria. Il cielo è sempre più nuvolo, sembra che un velo grigio ricopre tutto. C'è un'energia inquietante che vibra fra i corpi delle persone, nessuno è veramente tranquillo. Fanno finta di niente, fanno finta di essere qui per una gita, una cazzata come un'altra, ma non è così. Siamo venuti per un altro motivo. Vogliamo essere sicuri che non sta arrivando la fine del mondo.

Quando mi rimetto a ascoltare mio padre mi fa un effetto strano, per la prima volte le sue parole mi calmano, cancellano quello che sento intorno a me. Lui sta dicendo: Così le mie sorelle hanno preso il treno e sono andate da Tina. Vanno e ci portano lo zucchero, il caffè e le sfogliatelle. E poi si sono messe a piangere tutt'e due, quelle due pazze quando aprono i rubinetti sono fenomenali.

Sul serio sono pazze le tue sorelle?

Completamente! Una vive nel suo mondo, è come una bambina. Quell'altra aspetta sempre un giovanotto che c'aveva fatto all'amore nel '50, lui le aveva detto che tornava e se la sposava, un pugliese.

E così?

E così, ancora sta aspettando.

Non si sono sposate mai?

Macché, io le chiamo le sorelle Materassi. Comunque mo' vi finisco di raccontare. Le due vanno da Concettina e cominciano: Madooonna quello Renato se ne sta morendo per colpa tua, madoooonnaaaaa quello sta uscendo pazzo... quello prima o poi fa qualche cosa di brutto, quello non è più lui... Insomma piangi e piangi Concettina accetta di rivedermi un'altra volta. Io ero preoccupato perché stavo giù di giri, avevo cominciato a soffrire di stomaco, c'avevo l'ulcera e ero dimagrito. Avevo fatto pure dodici giorni di digiuno. Non riuscivo a mangiare.

Non ci credo.

Eh non ci credo, fai come cazzo ti pare. Così la settimana dopo siamo usciti io e Tina e le mie sorelle dietro, era la condizione che lei aveva messo per uscire con me, le sorelle facevano da garanti.

Di cosa?

Che non succedeva niente no. Così ci facciamo 'sta cazzo di passeggiata per il corso co' quelle due che stavano come due carabinieri... a un certo punto gli dico alle mie sorelle, uè ma che ci dovete stare appicciccate come due zecche, tenete, andate a comprarvi un gelatino, andate a comprarvi due pastarelle... basta che vi togliete dai coglioni!

A proposito di volgarità.

Me' stai zitta fammi finire di raccontare.

Siamo arrivati al mare, per entrare sulla spiaggia abbiamo dovuto scavalcare un botto di gente sul muretto, se ne stanno lì fermi come piccioni. Vicino a noi una giostra che gira e un'orchestrina che suona vecchie canzoni francesi. Queste musichette servono a dare il colpo finale all'atmosfera schizzata e apocalittica. Dall'altoparlante una voce nasale e femminile avverte che stiamo tutti aspettando l'eclissi, e che mancano venti minuti. Guardiamo la spiaggia di sassi che continua fino a una scogliera. Sulla scogliera c'è un fortino e delle persone che sembrano minuscole.

Goli dice: Dai sediamoci sulla spiaggia.

Ci facciamo largo fra i corpi stravaccati nell'attesa. Davanti a noi c'è la Manica e fa un freddo cane. Io mi accendo una sigaretta, lui pure, Goli si allunga sui sassi e guarda il cielo. Dice: Aaaahhhh che bello! Quanto mi piacciono queste attese così disperate! Quanto mi piace tutto il panico che c'è nell'aria! Lo sentite?

Sì, dico io.

Me', speriamo bene, speriamo che non ci crolla il mondo sulla capa, dice papà.

Renato, se tu adesso finisci di raccontare la tua storia è perfetto, dice ancora la mia amica.

E chi cazzo si ricorda dove ero rimasto!

Ah non chiedete a me di ricordare, fa Goli.

Eri rimasto che mandi via le tue sorelle, rimanete soli tu e mamma, dico io.

Ah, brava, vedi che sei intelligente. Insomma, ce ne andiamo alla villa comunale e finalmente lì sono riuscito a baciare a mamma! Stavo in paradiso! Madonna! e poi le ho toccato pure il culo e le tette, quanto stavo bene mhhhh...

Goli ride con la mano davanti alla bocca, fa: Oh-ohhh.

Eh, Titina faceva vedere che non ci stava ma io l'ho capito subito che invece le piaceva farsi toccare il bufaiotto e il pappone! L'ho capito che eravamo proprio fatti l'uno per l'altra!

Tu sei matto, giuro che sei suonato!

Sai come fa mamma... (imitazione di mia madre) No, Renato no... e dai no... e poi invece si lasciava fare e io me la palpavo tutta!

E dopo i palpamenti?

Eh, dopo ha voluto essere riportata a casa. Ma io la guardavo in faccia, c'aveva tutti i pomelli rossi, e gli occhi che le brillavano. Mi sono detto: Renato, hai sparato e hai fatto centro di nuovo, bravo! Così che si fa!

E così vi siete sposati? che bella storia! (Goli)

Sì, sposati, ti pareva che la faceva così semplice sua madre? La settimana dopo non ti arriva Gennarino con una lettera in mano e dice: Leggila Renato, è per te, non te la prendere su coraggio che la vita è lunga e noi siamo giovani. Giovani una minchia ho detto io, stavo già fregato, lo stomaco, l'ulcera poi mi è venuta pure una cosa ai denti, soffrivo di denti, mi facevano male come un cane...

E cosa c'era scritto nella lettera?

Caro Renato non ti voglio mai più vedere mi sono pentita di quello che è successo e ho pregato la Vergine di perdonare i nostri peccati. Porca di quella madosca! Allora mi sono incazzato come una belva! Ho rotto l'armadietto di metallo, poi mi sono ubriacato, ho fatto a cazzotti co' Gennaro, gli ho spaccato il naso, mi hanno dato cinque giorni agli arresti, in isolamento, santa Maria! Mi hanno fatto un culo tanto! Ma quando sono uscito!! Ho preso in prestito la vespa di uno che faceva il militare co' me, e so' partito. Trecentocinquanta chilometri in vespa, con certi dolori di stomaco e ai denti che non ti dico! Sono arrivato sotto casa di Concettina e ho fatto la posta per ore. Niente quella non usciva. Quando l'ho vista arrivare sono saltato giù dalla vespa, la vespa è caduta e si è pure scassata, ho preso a lei e l'ho sbattuta contro il muro, l'ho minacciata co' la pistola che c'avevo! Poi mi so' puntata la pistola qua, in mezzo agli occhi le ho detto: Porca madosca Conce' io mi ammazzo qua davanti a te se non mi vuoi più. Visto che devo soffrire mi sparo un colpo e così non ci penso più. Lei si è messa a gridare, piangeva, Ahhhhh Renato Renatuccio non ti sparare non ti ammazzare io ti voglio bene non ti ammazzare che fai pure peccato mortale! Peccato dei miei coglioni dico io e faccio per premere il grilletto.

No!

Lei è svenuta, io l'ho presa e le ho tirato due schiaffoni. Quando ha riaperto gli occhi diceva Renato... dove sei... le ho detto, sto qua e ci starò sempre per te. Però Conce' se non mi sposi io premo il grilletto. Lei tutta sconvolta ha detto: Va bene ti sposo. Ecco qua tutta la verità.

Ha cominciato a piovere a dirotto, una pioggia fredda e violenta, che vuole guastare la festa. Le persone tentano di ripararsi coi maglioni, i giornali, con i sacchetti di nylon. Restano lì inchiodati sulla spiaggia, nessuno ha l'aria di volere abbandonare la sua postazione. Noi decidiamo di alzarci, scavalchiamo un'altra volta le persone appollaiate sul muretto, hanno tirato fuori gli impermeabili tascabili, quelli sottili e colorati.

Abbiamo trovato una tettoia sulla passeggiata, ci siamo ficcati lì appiccicati ai corpi di altre persone. La giostra gira, la pioggia continua e anche l'orchestrina continua coi suoi motivetti deprimenti. Una coppia si è messa a ballare sotto la pioggia, sono proprio fuori. E a questo punto l'altoparante ha annunciato: mancano due minuti all'eclissi.

Un uomo ha guardato l'orologio e ha detto a alta voce che l'eclissi è già cominciata ma che noi non vediamo niente e che è stata una cazzata venire fin qui. E poi di colpo è successo un miracolo. Tutto il lato destro della spiaggia si è illuminato. Era un raggio di sole, e le persone lo hanno guardato come se fosse un'apparizione, hanno detto: Ooooooohhhhhh... Il raggio di sole ha mangiato il cielo grigio finché lo spazio luminoso si è allargato. Nel cielo è passata una mano invisibile che ha aperto una breccia fra le nuvole. Di colpo ha smesso di piovere, è arrivato il sereno, ma di botto, veramente. Le nuvole sono andate via. È tutto un po' irreale. Qualcuno ha cominciato a dire: Vas-y vas-y! prends tes lunettes! Hanno tirato fuori gli occhiali neri. Una madre ansiosa ha coperto la faccia del figlio, ha detto: Non guardare! NON GUARDARE ASSOLUTAMENTE! Il poveraccio ha detto: Maman, posso guardare il mare? NO! guarda per terra, ha detto lei.

D'un tratto il sole è apparso, ma non è il solito sole, perché questo è quasi tutto coperto dalla luna. Le nuvole hanno formato un cerchio intorno a questo misto di sole-luna, e io mi sono sentita un po' presa per il culo, come se la meccanica celeste ci ha tenuti apposta sulle spine fino adesso, come se aveva già programmato tutto lo spettacolo, giusto per il piacere di tenerci sulla corda.

A mezzogiorno e due minuti l'eclissi è totale. La luce è sparita e in pochi attimi è arrivato il buio completo. Siamo passati in un batter d'occhio dal giorno alla notte. L'acqua del mare è diventata lattiginosa, color ardesia, poi ha virato al nero. I gabbiani di colpo si sono ammutoliti. Il buio ci è caduto addosso come un'ondata gigantesca, ci ha sopraffatti tutti.

Qualcuno ha lanciato degli Ooooohhhh! qualcun altro ha pensato bene di applaudire, una ragazza vicino a noi si è messa a piangere, due fidanzati si sono baciati con la lingua.

Cazzo, siamo sicuri che non è la fine del mondo? ha detto Goli.

Non è che quel deficiente c'aveva ragione? ha detto mio padre.

Poi silenzio. Un brivido di freddo ci ha attraversato tutti. Un freddo siderale, totale, da fine del mondo, e un'angoscia nera. Qualcosa dentro di noi sta pensando che il sole non tornerà, ci stiamo pensando tutti e quello che cerchiamo di fare è di stare calmi, e dirci che non è così, che dobbiamo solo tenere duro. Siamo tutti un po' sperduti, impauriti come degli animali coi nasi all'insù e gli occhi che cercano di bucare l'oscurità. Abbiamo una paura fottuta di morire. Perché il cielo si è spento e la terra è ripiombata all'origine dei tempi.

C'est pas possible, ha detto Goli.

'Azzo, però è proprio emozionante, ha detto mio padre.

Forse è durato uno, due minuti, ma ci è sembrato un'eternità, sul serio.

E poi invece il cielo s'è aperto di nuovo, ci ha giocato uno scherzo mica male. La luna ha lasciato scoperta una prima fetta di sole. L'eclissi è finita. La cappa nera si è dileguata, rapida come un mantello che viene tirato via di colpo dal cielo.

Con Goli ci siamo abbracciate, ho guardato mio padre.

Ci sentiamo tutti dei miracolati, è come una guarigione collettiva. Ragazzi, abbiamo visto la fine del mondo.

24

Quando siamo tornati a casa c'era odore di chiuso, abbiamo buttato per terra le borse e le giacche, siamo scoppiati. Io ho detto: Quasi quasi me ne vado a dormire, sono stanca.

Sì, buonanotte, ha detto mio padre, già te ne vai a dormire? sono ancora le sei!

Senti Renato, ma tu dove vai adesso? ha chiesto Goli, dove vai a dormire?

No, niente, io sto qua vicino, non sto lontano.

Cosa vuol dire che non sei lontano? (Io)

In che albergo stai? (Goli)

Sì, albergo! vedi che Reian non ha paura di niente!

Che vuoi dire? faccio io con la voce un po' strozzata.

Lui alza le spalle, poi tira fuori le labbra come per una smorfia da duro, dice: Ci sta l'hotel Austin.

Io: ?

Lui: Austin! Come la macchina di Reian.

Oh cristo.

Vuoi dire che dormi in macchina, Renato?

E che c'è di strano, che ci vedete di strano, sapeste quante ne ha viste questo vecchio Reian. Old Reian!

Oh porca miseria, dico ancora, ma dove dormi?

Al parco, qua vicino.

Vuoi dire che dormi al Bois de Boulogne?

Lì ci sono i travestiti, dice Goli.

Sì, i travestiti, le zoccole, ci sta di tutto... eh eh...

Al Bois de Boulogne è proibito dormire.

Proibito. Niente è proibito per Old Reian. Big Reian.

Lascia perdere, dico io.

Senti Renato, tu stanotte ti fermi a dormire qui da noi, ti diamo il divano, stai qui e non si discute. (Goli)

Lui mi lancia un'occhiata, si aspetta che dico qualcosa. Io dico: Ti metti sul divano, non è scomodo quel cazzo di divano. Ci puoi stare.

Uè guardate che Reian non vuole rompere le palle a nessuno, eh, guardate che io sono autosufficiente, eh.

Va bene, dico io.

Smettila, Renato, sennò ci offendiamo. È vero che ci offendiamo?

Gironzoliamo ancora un po' per la casa, Goli se ne va in giro con una t-shirt e le sue lunghe gambe al vento, mio padre ha gli occhi fuori dalle orbite.

Goli dice: Volete una tisana?

Lui dice: Che me ne devo fare di una tisana, mica so' malato!

Dai che è buona la tisana facciamoci quella rilassante, quella al tiglio.

Non ce l'avete un po' di swing?

Ancora?!

Ah io mi prendo la tisana al tiglio, poi mi faccio un po' di halsion. Oggi ho avuto tante emozioni, sono sicura che non dormo tutta la notte. Io mi prendo l'halsion, anche se Yumiko mi ha consigliato dei nuovi fiori di Bach, anzi non sono di Bach, sono australiani. O californiani, non mi ricordo. Qualcosa del genere comunque. Agiscono a livello delle energie sottili.

Mio padre la guarda e si mette a ridere.

Che c'è? Non ci credi?

Non ci credo no, mi sembrano tutte stronzate quelle che stai a dire.

Goli: Renato, tu sei una persona veramente simpatica, sei un uomo molto simpatico, però devo dirti che trovo che manchi completamente di una cosa.

Di soldi, fa lui.

No, di spiritualità.

Io penso che se adesso Goli s'imbarca in un discorso sulla spiritualità è la fine.

Ma non c'è proprio niente in cui credi? fa ancora lei martellante come tremila Goli martellanti.

In che credo? Ah, io tengo un angelo custode, questo so' sicuro che lo tengo, ecco qua, me l'ha regalata zia Isa. Tira fuori da sotto la camicia una mediaglietta rotonda mezzo annerita.

Io: Che cos'è?

Lui: È san Michele arcangelo, 'o principe degli angeli, è il mio protettore.

Cosa vuol dire è il principe degli angeli?

È il protettore delle cape di cazzo come me.

Goli fa: Ah, è quello del film di John Travolta, ho capito. Sì sì, anch'io ci credo agli angeli, una volta a New York ne ho visto uno. Aveva l'aspetto di un nero.

Come ne hai visto uno? chiedo io che comincio a avere un po' di magone, perché ho paura che me la porteranno di nuovo via.

Lei fa: Un giorno ve lo racconterò. Quando sarete pronti. Adesso non lo siete, lo sento.

Va bene, dico io, io me ne vado a letto.

Sei già stanca? dice Goli.

Sì ho voglia di dormire.

La notte mi sono svegliata alle quattro, ho fatto un sogno strano. Non sono riuscita a riprendere sonno. Mentre che mi dico che ho fatto una cazzata a andarmene a letto così presto sento dei lamenti. Mi sono alzata e ho appoggiato l'orecchio alla porta di Goli, ma non è lei. Sono andata verso il divano di mio padre, è lui che piange nel sonno.

Mi sono avvicinata, ho sentito che diceva: Mario, Vittorio, nascondetevi, scappiamo che ci stanno le bombe, madonna scappiamo scappiamoooo...

25

Ho fatto un sogno allucinante, ho detto a Goli quando si è svegliata.

Racconta, racconta, fa lei che non si tira mai indietro di fronte a niente.

Questo sarebbe proprio uno di quei sogni da raccontare a Alain, ho detto, che roba!

Dai racconta che sto morendo dalla curiosità.

Ho sognato che ero ragazzina, tipo sui tredici anni metti, e mio padre mi aveva portato a un mercato, mi aveva venduto a un tipo mostruoso, un essere deforme, gobbo, senza un occhio e con delle mani orribili, madonna che schifo! e io sono disperata e mi metto a piangere, piango come un vitello perché dovevo sposarmi con quel tipo, hai capito?

Poverina! fa Goli, che sfortuna!

Però aspetta, a un certo punto mi viene un'idea. Mi dico che se avrò la forza di baciarlo forse cambierà, non sarà più un essere così schifoso. Allora anche se mi fa proprio ribrezzo lo bacio. E lui cazzo si è trasformato in un figo della madonna, sai chi sembrava, sembrava Richard Gere, anzi forse era proprio lui. Minchia era proprio Richard Gere.

Porca miseria che culo! Richard Gere è proprio il top, questo bisogna dirlo. Apre un cartoccio di succo d'arancia e ci resta attaccata un paio di minuti. Quando lo ha quasi finito dice: Dio come ti invidio, che bei sogni che fai! I miei sogni sembrano la tragedia del Titanic! Tu non hai idea che cosa schifosa è il mio inconscio. Ho un inconscio proprio orribile io!

Dice ancora: Oggi ho una giornata piena, devo andare a prendere le allocations, poi passo all'ospedale dai bambini. Oh buongiorno Renato, hai dormito bene? fa guardando in direzione di mio padre che è entrato in cucina come uno zombie, coi capelli tutti arruffati e una sigaretta in bocca.

Renato, lo sai che fa male fumare così subito al mattino appena sveglio? (sempre lei che parla)

No, ma che male, a me da quando mi so' messo a fumare le Amadis senza filtro mi è passata pure l'asma! Ho sofferto d'asma da quando sono bambino, invece da quando mi so' messo a fumare le Amadis vent'anni fa, sparita!

Goli mette su il cd con le musiche di Hair, la prima canzone è uno dei suoi pezzi preferiti. Aspetta che parte e poi comincia a cantarci dietro ululando: When the moooonnnn is in the seventh hoooouseeeeee...

Quando il pezzo è finito schiaccia il tasto per rimandarlo indietro. Fa questo gesto tre volte di seguito.

Cori, mi fai venire la testa come un pallone, non puoi cambiare un po' musica, dice lui.

Come musica Goli è sugli anni settanta, dico io.

Sì, proprio così, fa lei.

Io per me al mondo esiste solo Glenn Miller, Gershwin e Fred Buscaglione! fa lui.

Dopo che ho fatto colazione mi sono sparata una doccia e a questo punto mi è scattato qualcosa dentro. Mi è proprio scappato, non avrei voluto. Sono andata verso il telefono e mi sono messa a fare il numero.

Sono io, gli ho detto.

Sto uscendo, ha detto lui.

Ah, stai uscendo.

Sì, ho pochi minuti, dimmi cosa vuoi.

Come sarebbe a dire cosa voglio? Ti voglio vedere. Ho bisogno di vederti, io ti penso ancora, non ti ho mica dimenticato sai.

La tua è un'ossessione, vuoi capire che sei ossessiva.

Vaffanculo, ho detto io. Ti odio, gli ho detto.

Senti, non ho intenzione di stare qui a prendermi ancora i tuoi insulti. Fra di noi è finita, non voglio più vederti. E poi amo un'altra, c'è un'altra donna nella mia vita.

Porca puttana, ho detto, che cazzo ha lei che io non ho. Che cazzo fa lei che io non faccio, eh?

Che cosa non fai? No, no, aspetta, dovresti dire piuttosto che cosa fai.

Che stronzate stai dicendo?

Tu sei matta. Hai spaccato mezza casa, ti sei messa a urlare dalla finestra come una pazza,

Ero solo incazzata, è stato un momento di crisi.

In un altro momento di crisi hai cercato di uccidermi, hai cercato di investirmi, e di investire Sylvie.

Non è vero che ho cercato di ucciderti, volevo solo farti un po' male. Tu mi avevi ferito. E poi non parlarmi di quella stronza, NON VOGLIO SENTIRE PARLARE DI QUELLA STRONZA!

Lo vedi come sei? Non si può mai parlare con te che subito te ne esci con tutta questa aggressività, tutti questi insulti.

Io ho bisogni di vederti, giuro che non sarò aggressiva.

Ffff, tu non sai controllarti,

Ma l'altro giorno al caffè, siamo stati bene, no? non siamo stati bene?

Tu sei malata, ti devi curare.

Ah io sono malata? chi è più malato fra noi due?

Cosa vorresti dire.

Chi è quello capace di cancellare in una botta tutto quello che c'è stato fra noi, chi è capace di rimuovere una persona così dalla sua vita, come se io non fossi mai esistita, come se non fosse stato così bello scopare insieme, eh.

Lui continua come se non gli avessi detto niente, fa: Piombi a casa mia all'alba, continui a martellarmi di telefonate anche in studio mentre sto lavorando... forse hai bisogno di tornartene ancora un po' al manicomio.

Oh vaffanculo! dico io, ti auguro di morire brutto bastardo, te lo auguro di tutto cuore!

Sbatto giù la cornetta e poi faccio fare un volo al telefono contro il muro. Adesso di due telefoni ne rimane solo uno. Ho la gola chiusa, e vorrei spaccarmi la testa contro il muro. Forse in questo modo riesco a dimenticarmelo. È così difficile. È che quando stavamo insieme c'era una strana magia fra di noi, c'era un'alchimia che non avevo mai sentito prima, con nessuno. Ma forse ha ragione lui, forse sono solo una pazza da legare.

Goli è arrivata a vedere che è successo. Ha detto: Ancora! Oh santo cielo! L'hai chiamato di nuovo!

E ALLORA? NON TI CI METTERE ANCHE TU SAI.

Giurami che non lo chiami più a quel deficiente, giuramelo.

Merda, non posso giurartelo.

Vedi come sei?

Non posso giurartelo, ho detto ancora.

Non ti fa bene telefonare a quello.

Io ho il diritto di telefonargli, ho il diritto di sentire la sua voce. Perché lui mi diceva quelle cose, mi diceva un sacco di belle cose.

Per esempio?

Mi diceva che mi amava, me lo diceva anche quando facevamo l'amore.

Uf, se ne dicono di tutti i colori mentre si scopa!

Va' a cagare, dico io.

Così adesso sei anche senza telefono, brava furba. Be', adesso io esco, devo passare alle allocations e all'ospedale, tu promettimi di stare brava.

IO NON PROMETTO PROPRIO NIENTE A NESSUNO, le urlo dietro mentre lei esce chiudendosi la porta alle spalle.

Oh sai che sei proprio infantile, ha detto mio padre, è arrivato anche lui a contemplare i resti del telefono e della mia vita.

Ho detto: Non ti ci mettere pure tu, eh, e sono uscita dalla mia camera da letto, è ancora troppo piena di vibrazioni negative questa camera.

26

Sono andata in cucina ho preso i miei fogli e i miei pastelli e mi sono messa a disegnare, ho disegnato ancora la ragazza che cammina su una strada, da sola. Dietro c'è un cielo grigio scuro, e lei ha i capelli rossi gonfi sulla testa. Ho disegnato la lunga strada marrone, e il cielo di piombo, e la ragazza grassa coi capelli rossi. L'ho fatta in due versioni, in una la strada si allarga e la inghiotte, nell'altra lei urla fino a coprire con la sua bocca la strada, mangia la strada, insomma. Porco cane, mi sento proprio fuori di testa.

È arrivato mio padre, si è messo dietro di me a guardare i disegni, ha detto: 'Aspita che bei colori!

Ho detto, ti piace? sul serio?

Sì, ha detto.

Davvero?

Ommadonna, e sì.

Grazie, ho detto io.

A te ti è sempre piaciuto disegnare, è vero?

Non lo so, forse sì.

Pure quando eri bambina disegnavi.

Si è seduto di fronte a me, ha continuato a tirare sulle sue Amadis catramose e puzzolenti. Gli ho dato un'occhiata, poi una parte di me si è staccata e si è messa a contemplare la scena. Mi è sembrato di poterci guardare tutt'e due dal di fuori. Due sballati, due relitti umani, due che non stanno né in cielo né in terra. Lui mi ha detto: Lo vuoi dire a papà chi è 'sta testa di cazzo?

Eh? Cosa? ho detto io.

Chi è 'stu strunz' che ti fa perdere la testa?

Be', non ne avrei proprio voglia, ma visto che finalmente c'ho sottomano qualcuno per poter parlare di lui parto in quarta, dico: Lui si chiama Pascal, e è proprio uno stronzo.

Ah.

Sì, però è un bel tipo, sai, almeno, io lo vedo così. Era uno che mi capiva, ecco. Con lui stavo proprio bene.

'Azzo, e figurati se stavi male!

Che cosa?

Ma niente, niente.

Dimmelo, voglio sapere.

No, dicevo, hai detto che ti capiva e che stavate bene. Allora pensavo, chissà come sta questa con qualcuno che non la capisce...

Be', per esempio Goli non lo sopporta.

E che fa 'sta testa di rapa?

Fa l'avvocato, uno stronzo di avvocato francese, ma ti sembra possibile che io mi vado a innamorare di un avvocato? francese, poi?

Eh, co' questi non ti puoi trovare bene! Come cazzo fai a trovarti con questi!

Perché?

Ma non lo vedi come sono! Sono tutti punto e virgola, mai un sorriso, mai un po' di simpatia umana. Se ci fai un sorriso ti guardano storto. Ma che, è vita?

Ma che cacchio ne so.

Fa l'avvocato 'sto stronzo?

Sì.

E dove sta?

Come dove sta?

Dove c'ha l'ufficio, ce l'avrà un posto no?

Ma che ti importa?

Tanto per sapere.

Ha lo studio in rue La Boétie, vicino agli Champs Elysées.

Non lo so dov'è.

E certo che non lo sai dov'è, perché dovresti sapere dov'è?

E guadagna bene?

Ma sì... ma che t'interessa...

Come si chiama?

Pascal, te l'ho detto.

E poi?

Uuuuhhh, Pascal Vernoux, ma perché vuoi saperlo? Che te ne frega?

Prima di tutto potresti avere un altro tono co' tuo padre, secondo può sempre essere utile di conoscere un avvocato, c'avrei pure delle cose da chiedergli.

PAPÀ!

Eh?

Papà ti prego non farmi fare delle brutte figure.

Se', brutte figure, peggio di quelle che fai tu...

Va' al diavolo.

Stelli', lo vuoi un consiglio da quel rincoglionito di tuo padre?

No grazie.

E io te lo do lo stesso. Io ti dico che quando una donna si umilia con un uomo è finita! Si è fregata per sempre, raus!

Ma che stai dicendo.

Dico, dico, sei tu che ti dovresti far correre appresso da lui. Non stare là come un caccione a elemosinare.

Cos'è un caccione?

Un cane.

Ah. Faccio una pausa e poi dico: E comunque non sono un caccione! e aggiungo: Sono solo una donna innamorata.

Lui si mette a ridere, a me mi sta venendo da piangere. Mi accendo una sigaretta, bevo un po' di tè che è diventato troppo forte, mi raspa la lingua. Gli faccio: Lui mi dice che sono matta, ma io non sono matta. È che lui mi aveva promesso il sogno, mi aveva promesso la magia. Era l'unico uomo che mi aveva promesso la magia!

E invece? chiede lui.

Invece una merda.

Dai, mo' smettila, però.

No, non la smetto, e voi uomini siete tutti uguali, siete tutti stronzi uguali, mi alzo in piedi e con le mani alzate sto continuando a alzare il volume della voce. ANCHE TU HAI FATTO LA STESSA COSA. UGUALE A LUI, SIETE PROPRIO TUTTI STRONZI UGUALI!

Lui: ?

Anche tu mi avevi promesso la magia e poi sei sparito, perché fate tutti così, cos'è? è la vostra specialità?

Lui ha le spalle che vanno in giù, ha gli occhi lucidi. Tenta di dire: Ma che magia e magia... ma che stai a raccontare...

Io dico: Quando ero bambina credevo che con te 'era possibile ogni cosa, credevo che insieme a te ero forte e che nessuno mi poteva fare del male, insieme potevamo fottercene di tutti gli stronzi di questo mondo. Eravamo poveri, eravamo zingari e terroni, eravamo diversi dagli altri, ci guardavano male, ci volevano buttare fuori di casa perché eravamo in ritardo con l'affitto ma io con te non avevo paura. Con te ero felice, ero fiera.

E di cosa?

E che cazzo ne so.

Ah vabbuo'.

Non lo so di cosa ero fiera, so solo che non avevo paura di niente, mi piaceva vivere. E tu mi hai portato via tutto questo. Faccio una pausa e poi mi metto a urlare: DIO COME TI ODIO, TI ODIO CON TUTTA ME STESSA NON PUOI SAPERE QUANTO TI ODIO.

A questo punto non mi riesce di fare nient'altro che prendere i miei disegni e stracciarli uno per uno, prendermela coi fogli e i colori e buttare tutto all'aria. Li detesto quei fogli, e detesto anche me stessa, perché ho sbagliato tutto e perché vivo fuori dal mondo e perché mi sento stupida infantile violenta e aggressiva. Perché continuo a disperarmi per qualcosa che non esiste più e che forse non è mai esistito.

Mio padre si alza dalla sedia, si mette a ridere, mi viene vicino e mi tocca una spalla. Io mi metto a singhiozzare, dico: Che cazzo hai da ridere? E non mi toccare. Dio come ti odio!

Gesù, tu sei proprio tale e quale a me! Tale e quale, stessa capa 'e mmerda.

Io non sono come te, non sono per niente come te e non voglio esserlo.

Te', soffiati il naso, soffia, forza, vaaai... Mi allunga uno dei suoi fazzoletti, è uno schifoso fazzoletto tutto spiegazzato e lurido. Dico: Questo fazzoletto fa schifo, prendimi un kleenex in camera mia. Lui esegue.

Soffia, mi dice ancora allungandomi un kleenex bello pulito e immacolato.

Io soffio, e sto male, ma forse c'è anche qualcosa che va meglio, chissà. Lui dice: Tu sei una capa tosta, sei tale e quale a me.

Ancora! dico.

Ma allora sei innamorata di 'sto Pasquale?

Non si chiama Pasquale, si chiama Pascal.

Vabbè, è la stessa cosa, sei innamorata di questa capa 'e 'mbrella?

Sì.

Vabbuono, e allora tu l'avrai. Ricordati come ha fatto papà per conquistare a tua madre!

Merda, ma io non voglio aspettarlo sotto casa con una pistola in mano.

Lui dice: Non serve.

Io dico: Senti, io questo stronzo devo solo togliermelo dalla testa.

Quand'è così, dice lui.

Rimaniamo qualche secondo zitti, poi lo guardo, dico: Vuoi sapere una cosa? Io Pascal ho tentato di ucciderlo. E ho cercato di fare secca anche la sua tipa. Ho cercato di metterli sotto con l'auto. E poi sono stata due anni in una clinica, un posto fuori Parigi, dove ci stanno gli svitati.

Lui mi guarda come se gli avessi detto una cosa qualunque. Poi fa: Me', e allora?

Io dico: Be', non mi dici niente?

E che ti devo dire?

Non ti meraviglia che sono andata in una clinica per matti?

Noi siamo così, siamo fatti un poco a modo nostro, però non siamo cattivi.

Silenzio. Lui continua a tirare sulle sue Amadis io sulle mie Gauloises. Si guarda un po' le dita delle mani gialle di nicotina e poi dice: Ma stavi proprio coi matti matti? Quelli co' la camicia di forza?

Be', lì non hanno la camicia di forza, è un posto moderno, gli psichiatri sono simpatici... mi viene da ridere mentre dico questo, forse per timidezza. Lui fa una faccia preoccupata.

Concludo dicendo: Però sì, sono proprio matti quelli.

E tu ci soffrivi a stare là?

Be', non è il massimo della vita, ma stavo meglio lì che fuori. E poi coi matti io mi ci trovo bene. Non rompono le palle i matti, non sono finti, non hanno maschere e non ti chiedono di essere qualcosa che non sei.

È là che hai conosciuto Cori?

Goli. Sì. Allora?

Eh, allora che?

Voglio sapere che ne pensi.

Ma, non fa niente.

In che senso non fa niente?

Qualunque persona che vive qua prima o poi finisce al manicomio secondo me.

Perché?

Perché! Ma in questo posto non c'è sprint! Qui non batte il cuore selvaggio della vita!

Il cuore selv... ma che cacchio stai dicendo, tu sei veramente fuori.

Per esempio in Messico io ci stavo bene, e pure in Brasile! Stavo in grazia di dio là!

E perché sei tornato?

Come perché so' tornato, per vedere l'eclissi, no?

Sul serio?

Ma quanto sei pallonara! Credi sempre a tutte le palle che ti raccontano! Sono tornato per Concettina, e per la mia figliola!

L'ultima frase faccio finta di non averla sentita, mi sembra che non ho la forza di sentirla. Dico: Cosa vuol dire che qui non batte il cuore selvaggio della vita?

Stella, adesso sei cresciuta. Ora hai vissuto un po', ti innamorata e hai sofferto e puoi capire a papà. Ora lo puoi capire perché papà è andato via.

Io non capisco un cazzo, dico.

Lo puoi capire perché so' andato via.

Io dico: No, non capisco niente io.

Lui: Eh, se non me ne andavo mi sa che finivo pure io al manicomio!

Non mi sembra la stessa cosa. Non mi sembra proprio la stessa cosa.

Tu non volevi sognare nella vita? Non ci avevi bisogno di fare e dire tutto quello che ti sentivi dentro?

E allora?

E allora! so' sessanta minuti!

Cosa?

E allora pure io, no! Non lo capisci.

Se provi a spiegarti forse sì.

Se non facevo quello che la testa mi diceva di fare mi sentivo morire, mi sentivo un uomo in gabbia, proprio da manicomio. Io non ci sono tagliato per fare il caccione domestico!

Cos'è il caccione domestico?

'Naltra volta? il cane, no. A me se mi dici di fare il bravo padre di famiglia che si alza la mattina e se ne va a lavorare e la sera guarda la tivvù con la famiglia, se a me mi chiedi di fare una cosa così MI UCCIDI! Hai capito?

Io sto zitta. Lui continua: Ma tu non c'entri niente, e neanche Concetta c'entra niente, voi due siete state sempre nel mio cuore, giorno e notte.

Io dico: Bei discorsi. Peccato che non ho capito niente.

Lui: E mo' fa finta di non avere capito!

27

La sera abbiamo fatto una cena con Philippe, Yumiko, Viviane e il dottor Alain, è da un pezzo che non vedevamo Alain e eravamo tutti felici di stare con lui. Ha una barba nera lunga e degli occhi spiritati Alain, io dico che tutti questi anni passati a lavorare coi pazzi ormai l'hanno fatto andare fuori anche a lui. Però ci fa sentire tutti felici e a nostro agio di averlo lì. Viviane ha detto che la casa è ben messa, e che c'è un'atmosfera positiva da noi. Mi è sembrata un po' in vena di complimenti. Goli l'ha ringraziata con molto charme. Poi mentre mangiamo le penne con la trevigiana che ho preparato io ci siamo messi a chiacchierare di Laval e Alain ha detto che sta preparando un nuovo spettacolo teatrale con i ragazzi sballati, poi ha citato uno dei padri dell'antipsichiatria. Mentre parlava tirava giù il rosso e diceva: Nessun trattamento psichiatrico verrà mai richiesto per Clinton o per un miliardario. È molto più facile per un povero essere dichiarato pazzo e perdere tutti i suoi diritti. Per un ricco è diverso.

Allora Philippe ha detto che tutto questo è giusto, e che Alain era molto intelligente.

Goli ha detto che secondo lei però ci sono dei tipi completamente flippati e irrecuperabili, e quelli lei pensa che devono proprio starci dentro.

Alain ha detto: Irrecuperabili da chi? rispetto a che cosa? e per chi?

Goli non ha saputo rispondere e si è stretta nelle spalle.

Alain ha continuato: Cosa significa recupero? significa ficcarti in testa con la forza le loro regole. Regole sociali, igieniche, estetiche. Così puoi far parte della società e essere riconosciuto come normale. Basta che dici di sì a tutto, basta che vivi in un silenzioso asservimento, in una tranquilla rimozione dei tuoi desideri più profondi, dei tuoi sogni, delle tue verità.

Cosa significa rimozione? ha detto Philippe.

Calpestare quello che senti, ha detto Alain.

Oh questa è una cosa che conosco, sì, sì, ha detto Yumiko.

Philippe ha detto: Abiti mancanti, scarsa pulizia, barba non fatta, è tutto registrato nel rapporto. Ho fatto il rapporto.

Alain come se riuscisse a seguirlo perfettamente ha detto: È proprio così.

Io ho detto: Vuoi ancora un po' di pasta Philippe?

Goli ha detto, Eh ma allora chi è pazzo, Alain? Secondo te i pazzi non esistono?

Alain ha detto: Se hai degli incubi, se soffri, se hai voglia di urlare, se hai dolori insensati e insopportabili, allora questo può bastare per dire che sei matto?

Sì, oh sì, ha detto Yumiko.

No, che dici Yumiko, ho fatto io. E no, cacchio.

Alain ha continuato a tirare giù il vino dal suo bicchiere e ha detto ancora: Alla società interessa solo questo, devi essere come gli altri, mai metterti contro, non devi disturbare, non devi puzzare, non fare domande scomode. Soprattutto ricordatevi, non pretendere libertà che hanno deciso di non concedervi.

Io ho pensato che Alain dice cose sagge, anche se ormai è un tantino andato anche lui. Goli ha detto: Sai che sei proprio una forza, Alain, dio quanto sei potente! anche la mia psichiatra è potente come te!

A questo punto Viviane ha preso la parola come se continuasse un discorso già iniziato dentro la sua testa, ha detto: Per un po' ho fatto finta anch'io, ho fatto finta.

Di che? ho chiesto.

Di sognare i loro sogni, di avere i loro desideri,

Di chi, dei matti? ha detto Goli.

No, no, dei normali. Ho fatto finta di avere i loro stessi desideri solo per sopravvivere. Ho scacciato da me le cose fastidiose e quelle dolorose. Mi vergognavo di quello che sentivo e delle mie ferite.

L'atmosfera stasera sta virando un po' sullo stile sedute di gruppo che facevamo a Laval. Ma io mi sento a mio agio, non mi fa paura sentire l'angoscia delle persone, mi fa paura solo quando fanno finta che non c'è nessun dolore.

Verso le undici Alain è andato via, ha detto che tornava a Laval. Ha anche detto che soffre d'insonnia e si sveglia sempre verso le quattro di mattina, deve cercare di andare a dormire presto la sera. Noi abbiamo continuato a bere e a fumare e quando ha suonato il telefono mi sono alzata di scatto, non so come ma nel mio corpo è scattato un allarme. Mi sono accesa una sigaretta e ho chiesto a Goli se poteva rispondere lei perché le onde che arrivano dal telefono non mi stanno dicendo niente di buono. Goli ha detto: Uh, ma devo rispondere sempre io a 'sto cacchio di telefono?

Poi l'ho sentita dire: Ah ciao! ÇA VA?

Si è messa a farmi grandi segni e gesti come se all'improvviso fossimo diventate sordomute. Leggendole le labbra ho capito: PASCAL. Dalla faccia della mia amica ho visto che le cose si mettono male. Il cuore comincia a battere come un dannato, ho sentito una fitta ai reni. Quando avevo paura da bambina mi veniva male ai reni. Continuiamo sempre a star male per le stesse cose, da grandi e da bambini.

P-pronto, ho detto alla cornetta scheggiata.

Sei tu? ha detto lui.

Sì, e chi vuoi che sia, ho detto.

Senti, sentimi bene. Questa volta spero che sia quella definitiva, spero che sia l'ultima volta che ho a che fare con te.

Perché mi parli in questo modo, dico.

Adesso sarai contenta. Avete fatto le cose a modo vostro, eh?

Non capisco, ho detto, e è la verità.

Non farti mai più, mai più vedere da me. HAI CAPITO? Stai lontana da me e dalla mia casa, stai lontana da Sylvie.

Sei impazzito? ho fatto, perché ogni tanto ho anch'io il diritto di usarla questa frase.

STAMMI LONTANA, SPARISCI! mi hai sentito? maledetta rital, maledetta zingara!

Gli occhi mi si sono riempiti di lacrime di colpo, questa volta la botta è arrivata proprio dura. Mi sono piegata in due, come se la spina dorsale non mi reggeva più. Mi sono accasciata per terra, ho pensato che questa volta non sopravvivo. Goli mi ha visto a terra, è corsa verso di me, poi ha preso il telefono e ci ha urlato dentro: COSA LE HAI DETTO? COSA CAZZO LE HAI DETTO? IO VENGO LÌ E TI UCCIDO, GIURO DAVANTI A DIO CHE TI AMMAZZO!

A un certo punto si è zittita, si è messa a ascoltare qualcosa che lui le sta dicendo. Sono arrivati anche Philippe e Yumiko. Goli si è messa a ridere di colpo con una mano davanti alla bocca. Le cose stanno prendendo un tono assurdo. Dico: Che succede?

Lei muove di nuovo la mano come per dire, Madonna! È successo un casino! Io le faccio un altro segno per dire: Che cazzo sta succedendo? E lei mi fa segno di aspettare.

È ripartita a urlare dentro la cornetta, ha detto: NON PARLARE MALE DI RENATO, FINOCCHIO! SEI UNO STRONZO DI FINOCCHIO CAGASOTTO.

Fa una pausa, poi aggiunge: Ma chi te la tocca quella racchia! Quello scheletro ambulante!

Ha detto ancora: Racchia e finocchio, racchia e finocchio, lo dico tutte le volte che voglio.

Poi è arrivata la conclusione: MI SEI SEMPRE STATO ANTIPATICO MA NON CREDEVO CHE FOSSI IDIOTA FINO A QUESTO PUNTO! COUILLE MOLLE! Ha sbattuto giù il telefono.

Che cazzo è successo, ho detto io.

Dai tirati su, cosa ci fai lì per terra.

Non ce la faccio, ho delle fitte al petto e non posso respirare.

Be', se non potessi respirare a quest'ora saresti già schiantata, su dai.

Tu dimmi cosa è successo, faccio io sempre dalla mia postazione, è che stare per terra mi dà sicurezza, come se il corpo sente che più giù non può cadere.

Dice: Tuo padre ha spaccato la faccia a Pascal.

Io: Non ci credo.

Lei: È andato nel suo studio e lo ha riempito di pugni, lo ha distrutto.

Porca miseria.

Yumiko e Philippe si sono messi a seguire il racconto a bocca aperta. È arrivata anche Viviane, ha la faccia rossa, è agitata.

Dico: E adesso? ci denuncia?

Era proprio incazzato. Ha detto che non va alla polizia solo perché gli fai pena, ha detto che gli facciamo tutti pena, che siamo un branco di minorati mentali.

Questo non è gentile, ha detto Philippe.

Oh no, ha detto Yumiko.

Merda ho detto io. Ma senti, tu, non potevi evitare di raccontarmeli questi ultimi particolari?

Senti tu hai voluto sapere e io te lo dico.

Va bene, dico e mi alzo.

Ma mandalo al diavolo quel coglione! aggiunge la mia amica con un tono definitivo.

Non ce n'è più bisogno.

Mandalo in culo, insiste lei.

CI HA GIÀ PENSATO LUI MI SEMBRA.

Perché ti sei buttata per terra? ha chiesto Philippe.

Dai, lasciala in pace, ha detto Goli.

Soffre sempre per suo marito che è scappato via? ha insistito lui.

Non era mio marito, e non è scappato.

UFFA, Philippe, dacci un taglio, dice Goli.

A questo punto Philippe mi viene vicino, mi prende la mano e dice: È la tua guerra santa, datemi una guerra e sarò un essere felice, una qualsiasi guerra, basta che sia santa.

Grazie del suggerimento, Philippe dico.

Ommerda, fa Goli.

Quando un amante ti perde vuol dire che è un vigliacco, dice Viviane.

Io mi metto a sedere sul divano con le gambe sotto il culo e la faccia tra le mani. Mi sembra che i vestiti mi stringono troppo e all'improvviso avrei voglia di strapparmeli di dosso. Poi mi è venuto in mente che l'ho visto fare a Laval, così ho pensato di lasciare perdere.

Ho detto: Dio come mi vergogno! Che vergogna.

Aaaahhhh!! Ma di cosa?

Questa volta l'ha fatta troppo grossa. Troppo!

Ma che dici? parli di Pascal?

No, non di Pascal, di mio padre.

Tu sei matta! Guarda che Renato ha fatto proprio bene!

Dio che vergogna, vorrei sparire dalla faccia della terra. Lo ha picchiato! COME LO ODIO!

Ho bisogno di bere qualcosa ma ho anche la sensazione che se mi metto a bere poi deraglio ancora di più e addio. Mi metto a fissare il muro e mi viene su un ricordo, sono bambina e sono con mio padre, lui che dice: Vuoi andare sulla neve? E papà ti ci porta! Quando arriviamo sulla neve lui va a ficcarsi in un bar, dice: Tu aspettami un po' in macchina, che papà torna subito. Io mi metto a aspettare e aspetto e aspetto, quando non ne posso più di aspettare mi addormento.

28

Porca miseria, ma guardati! non ti puoi immaginare che faccia che c'hai! mi ha detto Goli quando siamo rimaste sole.

Lasciami in pace, lasciami stare, le ho detto io.

Ma porca vacca io non capisco perché te la prendi tanto, perché hai così tanta paura di avere fatto una brutta figura? e lui allora? lui non è che ci fa poi tanto una bella figura. È come un baccalà, ti molla per un po' di scena che hai fatto, per un paio di urli fuori dalla finestra, ma che si sta così al mondo?

Fuori ha cominciato a piovere, e il rumore della pioggia mi ha dato ancora più sui nervi. Mi sono sentita inutile e infelice come una stronza. Questa storia mi dà così fastidio che non riesco a parlarne. Ho deciso di andare a camminare sotto la pioggia, ho preso l'impermeabile e sono uscita sbattendo la porta.

Quando l'ho riaperta erano quasi le due di notte e ho trovato mio padre seduto in cucina con una bottiglia e un bicchiere di vino davanti. Goli ha un grembiule con due carote giganti stampate sopra, sfumazza e continua a buttarsi i capelli dietro le spalle. Mio padre mi ha accolto con un fischio, tipo l'imitazione di un uccello, è completamente allegro e spensierato. Io me ne sono rimasta zitta e l'ho fissato in silenzio. Sto aspettando di sentirgli dire qualcosa. Goli si è messa a trafficare con una pentola, dei pomodori e dei peperoni. Le ho detto: Che fai?

Cosa faccio! Preparo un tabulè, no! Cosa pensi che faccio?

Tutto occhei, stella? ha detto lui, poi ha aggiunto: Mmmmhhh... ci ho una cazzo di fame che non ci vedo. Quasi quasi mi farei uno spuntino, uno spaghetto aglio olio e peperoncino, mi fai compagnia Doli?

Mh, buona idea, ha detto lei. Ma mi chiamo Goli, non Doli.

E io che ho detto?

Ho ricominciato a guardarlo male, e poi mi sono messa a aspettare. Voglio sentirgli dire qualche altra cosa. Lui continua a bere e a fumare come se niente fosse. Allora io non ce l'ho più fatta, ho detto: Dove sei stato?

Lui è rimasto qualche secondo con la bocca aperta, poi ha succhiato in dentro le guance, ha detto: Aspetta un secondo, aspetta che vado a sciorinarmi le mani, ci ho le mani che fanno proprio schifo.

È sparito. Goli mi ha guardato tutta tesa, ha tentato di dirmi qualcosa muovendo le labbra al suo solito. Ha una faccia un po' disperata. Poi si è portata il dito davanti alla bocca, per dire: stai zitta, non dirgli niente. A me ci tiene, ma ha adottato anche lui.

Sono andata verso il bagno, ho bussato alla porta e lui dice: Vieni vieni. Si sta asciugando le mani, mai visto uno così lento a asciugarsi le mani. Dico ancora, come un martello: Dove sei stato oggi?

Lui fa: Eh un poco a spasso, ma lo sai o no che so' passato al Moulin Rouge? cazzo quante belle signorine che ci stanno là!

E poi? che hai fatto poi?

E che mi fai il terzo grado mo'? Guarda che so' maggiorenne!

PAPÀ VOGLIO SAPERE DOVE SEI STATO OGGI.

Ma vedi a questa! Ma devo rendere conto a te dove vado io?

PAPÀ NON FARE LO STRONZO.

Oh porca la madosca, dice mentre continua a asciugarsi le mani.

Tu oggi sei andato da Pascal. È VERO O NO CHE SEI ANDATO DA PASCAL?

Ah, quello strunzo! Sì, ci so' andato, ma è già acqua passata... Quel cacasotto me lo ero già scordato.

Fa per tornare in cucina e io lo marco stretto non gli do tregua, mi sento piena di adrenalina, sto cominciando a tremare. Dico: Come sarebbe a dire?

Me', ragazze lo facciamo 'sto spuntino o no? tengo una cazzo di fame! Ho preso pure una buona bottiglia di swing. Cori, a te ti ho portato i baci perugina.

Grazie Renato! fa lei completamente felice.

Lui fa per sistemarsi a tavola e io dico: Tu adesso non apri nessuna bottiglia e non ti siedi a nessuna tavola.

Me' che stai nervosa? siediti, tie', bevi un poco...

Resto lì in piedi vicino a lui, con la testa che mi gira, sto sudando e ho l'impressione di avere le vertigini. Non mi muovo, perché qualcosa mi sta montando su dalla pancia e ho paura di fare una strage. Ho paura che di colpo le braccia e le gambe cominciano a muoversi per conto loro e non avrò più nessun controllo.

Lui mi guarda da sotto in su, intimidito, Ma che stai a fare, perché tremi mo'? Ti vuoi mettere seduta o no?

Non mi metto seduta, perché ci sono delle forze che salgono dal centro della terra e mi attraversano le gambe e le braccia e mi spingono a avventarmi contro di lui come un cane impazzito, e mi butto e lo colpisco alla cieca, con schiaffi pugni e calci, lo colpisco come fanno le donne, senza una tecnica, senza sapere i colpi, in modo insensato, e vorrei strappargli la faccia, vorrei strozzarlo e distruggerlo, perché avevo cercato di fare come se non fosse mai esistito e invece lui è tornato e è ancora qui a complicarmi la vita.

29

Le braccia sono diventate pesanti e mi fanno male. Penso che mi riporteranno a Laval, che il mio posto è laggiù coi matti, con quelli che urlano, che piangono e che cantano a squarciagola. Lui rimane lì fermo, si tocca le labbra, gli esce il sangue. Tira su l'orlo dei pantaloni e guarda la caviglia che si è gonfiata di colpo. Si è messo a bestemmiare a bassa voce e io ho sentito nello stomaco quello che lui sta provando, è come se mi fossi picchiata da sola. Vorrei mettermi a piangere e chiedergli scusa ma sono rimasta senza braccia e senza lingua. Goli è scappata nella sua stanza e mi sento in colpa anche con lei.

Lui si tocca ancora la caviglia e dice: Ma porcamadosca tu sei proprio una disgraziata.

Ora darei qualunque cosa per aver fatto del male a me stessa invece che a lui, ma riesco solo a dire: Ma perché l'hai fatto? Ma chi ti ha chiesto niente?

Ma vaffanculo, va', mi ha detto.

Non so perché ho continuato a dirgli: Tu hai il potere di mandare a puttane tutto quello che tocchi. Lo capisci che sei così? Quando ci sei tu la mia vita diventa una merda.

Ma che cazzo dici? Io non lo sopportavo che ti facevi trattare così da quello stronzo. Io gli ho detto che ti si doveva sposare!

Cosa gli hai detto?

Gli ho chiesto di sposarti. Perché, ti pare tanto strano?

Gli hai chiesto di sposarmi?

E quello stronzo si è messo a ridermi in faccia, come se so' fesso. Allora non ci ho più visto, sai che nessuno può prendermi per il culo a me! Lo sai no.

Gli hai chiesto di sposarmi! Cristo santo, mi ha lasciata da più di un anno, sta con un'altra, ma porca puttana ma perché non ti fai i cazzi tuoi! Sta con un'altra, lo capisci?

E che c'entra?

Cristo gli hai chiesto di sposarmi, che figura di merda.

Ma che figure e figure, ma lo vedi quanto sei complessata, tu ti vergogni di essere te stessa. Tu sei come me, e quando ami qualcuno non te lo puoi togliere dalla capa!

Dico: Guarda fammi un favore, dimenticati di avere una figlia, l'hai fatto molto bene per tutti questi anni, continua a farlo, tornatene in Messico o dove cazzo ti pare, fai quello che vuoi basta che sparisci. Tu sei un matto, un fallito, uno zingaro buono a niente. E IO NON SONO COME TE E NON VOGLIO ESSERE COME TE MAI MAI HAI CAPITOOOOO.

Lui mi ha lanciato uno sguardo di odio puro, poi è rimasto a fissare un angolo del muro, se ne sta lì con le spalle un po' curve, i capelli spettinati e il naso schiacciato, come un indiano delle riserve, uno di quegli indiani sfigati, tristissimi, che hanno perso le terre, la tribù e i bisonti e se ne stanno storditi e ubriachi tutto il giorno perché non gli resta nient'altro da fare.

Goli è uscita dalla sua stanza, si sta pulendo con le mani il naso che cola, le è caduto il rimmel sulla faccia. Dice: Adesso basta! Non lo trattare più così male, non è umano che lo tratti così.

Mi è venuta la tentazione di menare anche lei, ho detto: Tu sei una povera idiota, non capisci proprio un cazzo, tornatene al manicomio, per gli idioti come te quello è il loro posto.

E poi non mi resta proprio nient'altro da fare che andarmene, sbattere ancora la porta fino a fare tremare i muri. Per la strada cammino come una furia, come una disperata, ma il mio passo non riesce a essere veloce e stancante come vorrei. Quello che vorrei è camminare fino a farmi sanguinare i piedi, fino a consumarmi le ossa e a farmi scoppiare i polmoni. Voglio vedere se riesco a avere male da qualche parte nel corpo, se così riesce a passarmi questo dolore che ho dentro.

30

Mi è venuta la febbre, me ne sono andata in giro sotto la pioggia e quando sono tornata a casa avevo la febbre. Goli mi è stata vicino, mi ha dato lo sciroppo, le aspirine e mi ha spremuto una quantità pazzesca di arance, ha molta fede nella vitamina C, dice.

Si è seduta sul letto vicino a me, le ho detto: Non sei arrabbiata con me?

Lei dice: Perché?

Ti ho trattata malissimo.

Lei fa: Non me lo ricordo, non mi ricordo niente.

Sul serio?

Sì, quante volte te lo devo ripetere,

Be', certe volte è proprio una fortuna non avere la memoria, faccio io.

Vedi, te l'ho sempre detto, l'avevo detto anche a quello psichiatra del Saint-Etienne, gliel'avevo detto che io senza memoria non vivo male. Non mi ricordo le cose brutte, che vuoi di più dalla vita?

Ti ricordi che ho litigato con mio padre?

Be', sì mi ricordo che stavate litigando.

Cosa è successo te lo ricordi?

No, mi ricordo che litigavate in cucina. Te l'ho detto che mi hanno fatto centomila analisi per vedere il mio cervello, perché uno sosteneva che dovevo avere una malattia, invece analisi su analisi e niente, il mio cervello è sanissimo, almeno dal punto di vista fisico, voglio dire. Niente, non ci credeva nessuno!

Mio padre non si è più fatto vivo?

No, devi averlo trattato proprio male,

Credo di sì.

Mi rimbocca le lenzuola, si agita un po' e poi fa: Sai tu sei la mia migliore amica però una cosa te la devo dire, io credo che nella vita bisogna sapere perdonare.

Sì, questo lo dicono anche i preti, faccio io.

Che c'entrano i preti.

Ci sono delle cose che sono più forti di me, non ce la faccio a fare diversamente. Sarei fasulla, non ci riesco.

E allora inventati qualcosa, io per esempio mi sono inventata questa roba che perdo la memoria!

Tu sei matta, ho detto io,

Dai che stavo scherzando. No, ti dico, io ho capito una cosa, che se ce l'hai ancora su con lui ce l'hai anche con te stessa.

Che vuol dire?

Se non riesci a provare compassione per tuo padre non puoi averla nemmeno per te stessa, e così non arriverai mai a volerti bene. La mia psichiatra dice che dovremmo imparare a entrare in contatto con le nostre risorse umane e affettive, quelle che abbiamo dentro tutti, ce le abbiamo tutti solo che non crediamo di averle. È un po' fricchettona Suzanne, eh, però è una brava donna, ha due tette così, enormi, e poi è tutta piccolina.

Vabbè, dico io e vorrei cambiare discorso.

Lei invece non ha l'aria di volersi fermare. Dice: Io ci ho pensato su un sacco di tempo e ho capito una cosa. Perché odi tuo padre?

Goli cosa vuol dire che ci hai pensato su un sacco di tempo, non hai niente di meglio da fare?

Be', no, lo vedi da te che non ho molto da fare, lo sai no,

fammi finire e non mi interrompere sennò perdo il filo di quello che volevo dire. Cosa stavo dicendo?

Oh merda.

DAI DAMMI UNA MANO, STAVO DICENDO UNA COSA.

Stavi dicendo, perché odio mio padre.

SÌ! Lo odi perché ti ha lasciato, perché pensi che non ti ha mai voluto bene.

Se mi voleva bene non spariva per tutto questo tempo, ti sembra il comportamento di qualcuno che vuol bene sparire così?

Ma anche lui avrà avuto i suoi problemi, te l'ha detto che ha avuto dei problemi. E poi ha avuto un'infanzia veramente schifosa. Dimmi ancora una cosa, per quali altri motivi lo odi?

Goli lasciami perdere, non sei la mia psichiatra,

No, ma sono venticinque anni che ho a che fare con loro, ci capisco sai delle cose dell'interno io.

Interno, quale interno?

Interno qui, la zucca marcia. Dimmi gli altri motivi perché lo odi.

Perché? Perché è fuori di testa, lo vedi come vive? È matto, è un debole, è un insicuro, è fuori dal mondo.

AH! fa lei.

Ah cosa?

È così che ragionano tutti, eh, disprezza l'impotenza, disprezza chi non ce la fa, chi non è come gli altri, chi è fuori di testa, hai sentito quello che diceva il dottor Alain l'altra sera?

Te lo ricordi ancora cosa ha detto Alain?

Certo che me lo ricordo, diceva in pratica che disprezzare le debolezze e le fragilità degli altri è da fascisti, hai capito?

Ossignore, che c'entra adesso questo?

C'entra c'entra pensaci bene che c'entra. E poi, tutti facciamo delle cazzate, anche tu hai cercato di fare secco Pascal perché ti ha lasciata, non mi sembra una cosa proprio carina, no?

Quello stronzo! Non me lo nominare nemmeno, guarda.

Lo vedi come sei?

Ma porca miseria, dico ancora.

Comunque è importante che rimani in contatto con i tuoi veri sentimenti, e con le emozioni che tuo padre ti suscita,

O porco schifo,

Finirai per capire qualcosa, dice ancora Goli come uno di quei matti che fanno finta di essere dei dottori.

31

Due giorni dopo siamo nel metrò che stiamo andando alla Cinémathèque, c'è tutto il ciclo su Godard. Oggi danno Deux ou trois choses que je sais d'elle e Bande à part. Goli sta leggendo Libé e a me è caduto l'occhio su una piccola notizia. Niente più che un trafiletto di cronaca, una di quelle notizie senza rilievo, uno di quei pezzetti riservati ai fatti che capitano agli sfigati, a quelli che nessuno conosce. È messo fra la notizia degli incidenti col numero di morti di questo week-end e la breve storia di un tipo della banlieu che è stato rapito e ucciso. Quel trafiletto ha attirato il mio sguardo e mi ha preso lo stomaco. C'è scritto: trovato cadavere di un senza tetto al Bois de Boulogne. Gli investigatori non escludono l'ipotesi di un omicidio. Prendo in mano il giornale e continuo a leggere anche se mi si annebbia la vista, leggo qua e là senza legare le frasi. Il cadavere di un uomo. Circa sessant'anni. Privo di documenti. Ieri mattina da una pattuglia della polizia. Perlustrava il Bois de Boulogne.

Dico: Oh cristo, oh cristo Goli.

Che c'è?

Leggi, leggi qui.

Lei legge, e poi dice: E allora?

Come allora, mio padre, lui ha detto che dormiva lì, al Bois de Boulogne. Dio mi sento male, dico.

Aspetta, dai. Vieni, scendiamo.

Usciamo dalla carrozza del metrò e io vado a sedermi su una sedia del quai. All'improvviso il mio corpo è stato attraversato da una corrente di aria gelida, forse sto per morire.

Goli dice: Dai stai tranquilla, figurati se è tuo padre, dai vedrai che va tutto bene...

Cosa vuol dire, faccio, stai dicendo qualcosa che non significa niente, stai dicendo una cazzata.

Va bene, ma non cominciare a insultarmi eh. Aspetta aspetta, adesso cerco di farmi venire un'idea. Si guarda intorno come se fra le persone lì vicino ci fosse qualcuno che può darle un'idea, poi dice: Ci sono. Telefoniamo al giornale.

Sì, può essere un'idea, dico.

Andiamo su, ti devi alzare, andiamo a cercare un telefono.

Usciamo fuori e la luce mi aumenta l'angoscia. Quando siamo vicino a una cabina telefonica Goli comincia a sfogliare avanti e indietro le pagine del giornale per trovare il numero di telefono. Ricomincia un paio di volte dalla prima pagina, gli esteri, la cronaca, le pubblicità, gli annunci a pagamento, cultura, cinema e televisione.

E merda, dice, vanno a mettere i numeri di telefono proprio all'ultima pagina! Poi, stretto fra la meteo e le parole incrociate, ha trovato il numero del centralino.

Ecco, dammi una carta telefonica, mi fa.

Io rovisto un po' nella mia borsa, apro il portafogli, le tasche interne, butto tutto per terra, ma nessuna traccia di carta telefonica. Dammi cinquanta franchi, dice Goli. Li prende, attraversa la strada di corsa e entra in un tabaccaio. Sta decisamente prendendo in mano la situazione. Torna con la carta fra le mani, strappa il cellophane con i denti e entra nella cabina. Dopo aver fatto il numero dice: Allò? vorrei parlare con il giornalista che si occupa della cronaca. No non lo so come si chiama sennò gliel'avrei detto. Pausa. SENTA SIGNORA È UNA QUESTIONE DI VITA O DI MORTE MI PASSI CHI VUOLE. Pausa. No, ho letto un'articolo, un pezzo molto corto, parla di un uomo trovato morto. NO CERTO CHE IL PEZZO NON ERA FIRMATO. Pausa. E CREDE CHE IO MI STO DI-VERTENDO?

Goli aspetta, dico. Lei mi fa segno di tacere e io eseguo. Poi ha cambiato tono, devono averle passato qualcuno, si annuncia con nome e cognome e dice: Lei non mi conosce ma io e una mia amica abbiamo letto sul giornale la notizia di un uomo trovato morto, sì, oggi, sì, crede che avremmo aspettato un mese per una cosa del genere? sì, al Bois de Boulogne. Pausa. Ho capito, una notizia d'agenzia, ho capi-to. E è proprio sicuro? La polizia? Aspetti aspetti che me lo scrivo che io non ho memoria, dammi una penna dice rivol-ta a me, io rovisto ancora nella mia borsa, trovo un mozzico-ne di matita, lei lo prende e scrive qualcosa sul giornale. Be', grazie comunque, dice.

Si gira verso di me, fa: Lui non sa niente, ha detto che sa solo quello che c'è scritto sul giornale, è una notizia d'agen-zia, ha detto che dobbiamo chiamare la polizia.

La polizia?

Aspetta, l'ho scritto qui, dice che è la polizia criminale, la criminelle ha detto, che si occupa di questi casi. E poi ha detto, porca miseria che cos'ho scritto qui? Non ci capisco... ah sì, ha detto che aprono un'inchiesta per ogni persona tro-vata morta.

Madonna, dico.

Dai stai tranquila, io sento che non è tuo padre, se gli fos-se successo qualcosa io lo avrei sentito.

La polizia dove? dove cazzo andiamo?

Lei tenta ancora di decifrare la sua scrittura, dice: Vedere al Quai des Orfèvres o commissariato di polizia.

Andiamo al Quai des Orfèvres? dico.

Se vuoi andiamo, ma sta tranquilla, dai!

Dico: Sai una cosa? forse è meglio che telefoniamo prima.

Buona idea, andiamo a cercare un elenco però.

Entriamo in un bar, cerchiamo gli elenchi telefonici e

cominciamo a guardare sotto la voce police. Troviamo un Police Frederick e un Police Jean-Claude, poi un police controllo degli immigrati e lotta contro i clandestini. Ma che cazzo vuol dire, dico. Continuiamo a sfogliare le pagine e a smadonnare.

A questo punto interviene il barista, dice: Che cosa cercate?

La polizia, dico.

Guardate sulle pagine gialle.

Buona idea! fa Goli.

Alla voce Police c'è scritto: vedere administration de l'intérieur. Sfanculando, agitandoci e litigandoci le pagine come due matte finalmente troviamo quello che c'interessa. Ci sono tutti i commissariati di polizia divisi per arrondissement.

Quale chiamiamo? dice Goli.

Porca puttana, non lo so. Chiamiamo quello del nostro arrondissement.

Prende il telefono e ci urla dentro: BUONGIORNO VORREI PARLARE COL COMMISSARIO DI POLIZIA, SUBITO!

Goli, sta' calma, dico io e prendo il telefono. A una voce femminile spiego tutta la situazione.

La voce dice: Adesso è impossibile essere ricevuti dal commisario, può richiamare domani?

Come richiamare domani? Come crede che mi sentirò fino a domani?

Madame capisco il suo problema ma il commissario non è qui.

Be', passami qualcun altro, ci sarà qualcuno lì o no? Mi passa un tipo, io rispiego tutto, e poi lo sento allontanarsi e dire a qualcun altro, qui c'è una che pensa che il cadavere del Bois de Boulogne è suo padre. Torna da me e mi chiede indirizzo nome e numero di telefono, dice, potrebbe passare da noi fra un paio d'ore?

Un paio d'ore, va bene, dico. E girandomi verso Goli: E adesso?

Adesso torniamo a casa, dice lei che sta tirando fuori una capacità organizzativa che mi lascia stupita. Tu segnati l'indirizzo del commissariato, non te lo dimenticare eh che a casa non ce li abbiamo più gli elenchi del telefono, occupano tanto di quello spazio!

32

Quando entro a casa mi sento stordita, mi sento come una che ha tagliato i ponti con tutto. Fino a oggi ero riuscita bene o male a stare a galla, adesso è come se mi hanno staccato a forza le dita dal bordo del salvagente al quale mi aggrappavo.

Cammino avanti e indietro per la casa, Goli mi dice di stare tranquilla, io dico: Vorrei essere lasciata in pace, vorrei potere essere libera di fare su e giù quanto voglio. Così lei attacca a lavare i piatti, pulisce il lavandino, lucida le piastre dei fornelli. Quando comincia a lavare per terra le dico se le sembra il momento di mettersi a fare le pulizie, lei dice: Mi stai facendo diventare nervosa anche a me.

Poi ha suonato il telefono, un trillo ansioso, e io sono andata a rispondere senza aspettarmi niente di buono. Goli mi è venuta vicino, ha messo il viva voce, dal telefono è uscita una manciata di parole: Me', ti volevo solo dire auffidersen, a questo punto mi tolgo dai coglioni, ho capito che non sono beneaccetto.

Mi sono appoggiata con la schiena al muro e ho cominciato a scivolare per terra.

Goli fa: Encore! Mi strappa di mano la cornetta e ci urla dentro: E ORA COSA SUCCEDE? Poi le è scoppiato un

sorriso sulla faccia, ha urlato: RENATO! MA DOVE CAC-
CHIO SEI? MA LO SAI CHE CREDEVAMO CHE ERI
MORTO!! Ho sentito lui che diceva: Me', Dori, fammi fare
una toccata di palle, con decenza parlando.

Goli si piscia dal ridere. Poi fa: Dai Renato, vieni qui, vieni vieni che dobbiamo festeggiare che non sei morto.

Per la sera la mia amica ha deciso di fare un good-bye
party, così lo chiama lei, ha invitato anche Philippe e Teymur, il suo amico iraniano che le taglia i capelli, in più all'ultimo momento ha deciso di invitare una nuova vicina di casa
che vive da sola e le fa pena. È una piccola ragazza armena
che si chiama Katy. Dal modo in cui l'ha accolta ho capito
che anche Katy fa parte di quell'umanità che piace a Goli,
probabilmente ha dietro una storia tragica, morti, sciagure e
catastrofi. Io per stasera non ho voluto approfondire.

Goli ha preparato un couscous e ci siamo seduti tutti per
terra sul tappeto marocchino, abbiamo spento le luci e siamo rimasti con tante candele accese, rosse gialle e bianche.
Philippe era piuttosto silenzioso, l'amico iraniano si è messo
a raccontare varie storie di uomini che ha avuto quando faceva il parrucchiere a New York, poi ha raccontato di quando è stato arrestato in Iran perché sospettato di essere omo-
sessuale. Quindi è partito in quarta a raccontare dei cazzi, i
cazzi dei cinesi, quelli degli indiani, quelli degli arabi, cazzi
grossi, cazzi piccoli cazzi con una personalità, è andato avanti un pezzo e noi ci spanciavamo dal ridere. Renato ha detto:
E quanto siete volgari ragazzi! ma ride e si diverte anche lui.
Philippe dopo avere bevuto un po' ha trafficato nel suo zai-
no e è andato nel bagno, mi ha chiamato e mi ha chiesto se
poteva usare i miei trucchi. È tornato col rimmel e il rossetto e una parrucca bionda a caschetto, ha cominciato a parlare e a ridere, faceva la boccuccia a cuore e sbatteva le ciglia
piene di rimmel. Abbiamo messo dei dischi di salsa e bossa

nova. Teymur ha tirato fuori una cassetta di un tipo delirante che si chiama mister Dynamite e che ci dà dentro con cose stile Cucurucucu Paloma, Guantanamera, Malagueña,
Caruso eccetera. Quando è partito il pezzo Si tu vas à Rio
mio padre ha invitato Goli a ballare. Anche Teymur ha invitato Philippe a ballare e non si sono più mollati per tutta la
sera. Philippe era al settimo cielo. Io ho chiesto a Katy se era
tutto okay e lei ha detto di sì, ha detto che anche se erano i
primi tempi che stava a Parigi e si era sentita un po' sperduta adesso era felice perché le sembrava di avere trovato una
famiglia.

A un certo punto Goli ha detto, Io non ce la faccio più,
Renato tu sei una forza della natura ma io non ce la faccio
più. Mi ha dato un'occhiata e ha detto: Perché non balli tu
con tuo padre? Io ho detto che sono una frana a ballare.

Lui ha detto, E che fa? t'insegno io, vedi che non è difficile.

No no, per carità, ho detto io.

Uh, quanti complessi! dai vieni a ballare.

Allora mi sono alzata e gli sono andata vicino, lui mi ha
preso per la vita e a me è venuto in mente quando ero bambina e mi piaceva nuotare sulle sue spalle e farmi trasportare
da lui. Abbiamo ballato un po', lui è un buon ballerino io
un'orsa completa. Ma mi è piaciuto stringerlo e sorridergli.
Ho voluto fargli sentire che questa sera sono con lui e che
non si deve più sentire rifiutato o abbandonato da me. Anche se fino a questo momento l'ho sempre tenuto alla lar-
ga, anche se ho odiato il suo mondo di troie e di bevute e
la sua vita insensata e fuori di testa stasera voglio fargli sentire che sono con lui e che in quel suo mondo voglio entrarci
anch'io.

Quando mi sono svegliata la mattina dopo avevo il mal di
testa e un torcicollo bestiale, ma mi sono sentita leggera dentro. Ho preparato il caffè e verso le dieci si è svegliata anche

Goli. Lui ha suonato alla porta e è entrato coi croissant e i pain chocolat, ha detto che voleva partire prima di mezzogiorno per non prendere tutto il caldo sull'autostrada. Mentre beviamo il caffè Goli ha detto: Allora, ti sono simpatici o no i nostri amici, Renato?

Hai voglia, ha detto lui, ma dove li andate a trovare?

Goli si è messa a ridere e ha detto: Uh, sapessi che storia dura che ha Katy!

Ecco, ho detto io.

Poi Renato ha detto, Me', io adesso vado. Statemi bene signorine, eh! e non fate troppi guai, mi raccomando.

Senti chi parla! ho detto io.

Poi ha fatto finta di niente e ha detto, Ve lo lascio qualche soldino?

Qualche soldino?! Ma che credi che abbiamo sette anni?

Dai, faccio per dire...

No, non preoccuparti, abbiamo tutto quello che ci serve qui...

Eh, lo vedo, fa lui.

Sì, dico io, sul serio...

Senti stella, ci teniamo in contatto o mi devo proprio togliere dalle palle definitivamente?

Io penso che ci possiamo tenere in contatto, faccio, leggermente sulle mie, perché non creda che mi sono arresa definitivamente.

Goli dice: Oh Renato, è stato proprio bello averti incontrato, sai! E il giorno dell'eclissi, porca miseria come mi è piaciuto quel giorno! A te no? Che bella gita che abbiamo fatto! Te lo ricordi?

Cori, ma tu non tenevi la memoria un po' sballata?

Oh, solo per le cose che mi fanno male, la mia psichiatra dice che cancello solo le cose brutte che mi fa male ricordare.

Vabbuo', ha detto ancora lui, allora Renato se ne va. Che, ce lo vuoi dare o no un bacetto a 'sto stronzo di papà?

Io faccio per tirargli un piccolo cazzotto sulla spalla, e poi me lo abbraccio forte. Lui fa: Hai visto Dori che il vecchio Reian ancora le fa emozionare le donne!

Mi chiamo Goli, non Dori, né Cori, né Loli, porca miseria Renato lo vuoi capire o no?

Lui si muove verso la porta, lei lo segue con lo sguardo, ci pensa su e poi fa: Ou Renato torna a trovarci presto, eh, non dimenticarti di farti vivo ogni tanto, che sennò questa va ancora più fuori di testa.

Non vi preoccupate, fa lui.

Goli dice ancora: Be', fa' buon viaggio.

Grazie, dice lui e se la bacia un po'.

Oh Renato, dice lei, ma lo sai che sei veramente una potenza! lo sai chi mi ricordi? mi ricordi l'attore Jackie Chan.

Stampa Grafica Sipiel
Milano, aprile 2008